시나리오 쓰고 있네

스토리인 시리즈 05

자신만의 가치, 행복, 여행, 일과 삶 등 소소한 일상에서 열정적인 당신에게…
하루하루의 글쓰기, 마음에 저장해둔 여러분의 이야기와 함께합니다.
첫 원고부터 마지막까지, 생활출판 프로젝트 '스토리인' 시리즈

시나리오 쓰고 있네

초판 1쇄 발행 2020년 08월 31일

지은이. 황서미

ISBN
978-89-6529-247-0 (03810)
12,800원

이 도서의 국립중앙도서관
출판예정도서목록(CIP)은
서지정보유통지원시스템 홈페이지
(http://seoji.nl.go.kr)와 국가자료
공동목록시스템(http://www.nl.go.kr/
kolisnet)에서 이용하실 수 있습니다.
CIP제어번호: CIP2020032255

발행. 김태영
발행처. 도서출판 씽크스마트
서울특별시 마포구 토정로 222(신수동)
한국출판콘텐츠센터 401호
전화. 02-323-5609 · 070-8836-8837
팩스. 02-337-5608
메일. kty0651@hanmail.net

도서출판 사이다
사람의 가치를 밝히며 서로가 서로의
삶을 세워주는 세상을 만드는 데 필요한
사람과 사람을 이어주는 다리의 줄임말이며
씽크스마트의 임프린트입니다.

씽크스마트 · 더 큰 세상으로 통하는 길
도서출판 사이다 · 사람과 사람을 이어주는 다리

시나리오 쓰고 있네

황서미 에세이

황서미의 글, 웃지 않을 수가 없다!

1.
다른 사람의 인생에 요절복통이라는 말을 다는 것은 좀 머쓱한 일이다. 그렇지만 황서미의 글을 읽고 나서 눈물이 쏙 빠질 만큼 배꼽을 잡지 않을 수가 없다. 김유정의 「봄봄」을 읽은 이후로, 이 정도 급의 블랙 유머는 한국에서 본 적이 없는 것 같다. 진짜로 웃긴다. 게다가 이게 다 리얼, 실화다. 밑도 끝도 없이 달달하게 웃기려고 하는, 웃기는 웃지만 뒤돌아서면 공허한 개그가 지금 한국의 트렌드다. 그렇지만 엄연한 블랙 코미디도 분명히 우리 전통에 존재하기는 한다. 정조가 "이런 식으로 글 쓰지 마라"고 하는 문체반정의 주인공이 된 박지원은 블랙 코미디의 원조 정도 될 것 같다. 「허생전」이나 「양반전」은 물론이지만 여행기인 『열하일기』에도 깨알 같은 코미디가 숨어 있다.

독자들, 특히 30대 이상의 남자 독자들에게 황서미를 소개하는 가장 간단한 방법은 "탈모는 병이 아닙니다"는 그 기막힌 카피를 만든 바로 그 사람이라는 것을 알려주는 일이다.

무슨 상품을 어떻게 파는지는 몰라도, 이 얘기를 들으면 가슴에 훅 들어오는 한 방이 있다.

탈모를 병이 아니라고 생각한다면 황서미의 삶도 그 자체로 기막힌 블랙 코미디라는 것에 동의할 것이다. 네 번의 이혼과 다섯 번의 결혼. 이게 다 기가 막힌 블랙 코미디를 완성하기 위한 작가의 진지한 삶의 노력이라고 볼 수도 있다. 하나하나의 사연이 기가 막힌데, 보는 나는 그게 웃기기만 하다. 그리고 그녀를 얕잡아 본 '술 취한 돼지' 한 마리를 황금성 모텔에 버려두고 나올 때, "그러취!" 문득 주먹을 굳게 쥐고 파이팅을 외치는 자신을 발견하게 될 것이다. 어이없음과 분노 그리고 기가 찬 현실은 거대한 코미디를 완성시키기 위한 소도구일 뿐이다.

2.

내가 황서미의 이야기에서 처음 기가 막힌 구조적 코미디를 본 건 시나리오 학원을 다니면서 만든 짧은 시놉시스에서였다. 망자의 생명 보험금을 받기 위해서 모이게 된 다섯 명의 남자들, 그들이 서로 만나서 보여주게 될 당황스러움, 그럼에도 불구하고 "나는 그 돈 필요 없어"라고 과감히 돌아서지 못하는 찌질함, 이게 한국에서 살아가는 중년 남자들이 가지고 있는 기가 막힌 이중성이다. 야, 이거 웃기는데. 그게 진짜로 나의 가슴이 움직이면서 황서미의 글을 보게 된 첫 계기였다. 누구에게나 비극은 있지만, 그 비극을 뒤틀어서 희극으로 승화시키는 것은 아무나 할 수 있는 일은 아니다. 인생의 천재거나 글의 천재거나, 아니면 코미디의 천재거나. 그렇지만 평범한 우리들은 대부분 감추거나 어색한 웃음으로 얼버무리는 손쉬운 전략을 사용한다. 그도 아니면 아주 찌질하고 궁색한 이야기로 바꾸어 값싼 동정표라도 구하려고 한다. 황서미는 그런 점에서는 과감히 직구를 던지는, 볼 끝이 지저분한 기교파형 투수와는 아주 거리가 멀다. 유머의 우완 정통파, 바로 스트레이트로 들어간다. 효과는 크다. 동정을 하거나 뭐라도 위로를 하고 싶은 마음이 드는 것보다 일단 웃고 본다. 그리고 돌아서면 싸한 느낌이 든다. 돌아서면 왜 웃었는지 금방 까먹는 1차원적 코미디와는 좀 질이 다르다. 서글프고 힘든 그녀의 직장 생활기를 읽다 보면 훅 하고 코미디가 밀고 들어온다. 아이고, 또 시작한다, 그러면서 또 웃게 된다. 그리고 그 코미디는 중독성이 있다. 보고 또 보게 된다.

황서미의 글에는 가볍거나 무겁거나, 그런 코미디만 있는 것은 아니다. 남편을 '아저씨'라고 부르는 딸 그리고 아직도 말을 제대로 하지 못하는 자폐아 아들의 삶을 보다 보면 우는 것도 미안할 정도로 먹먹한 감정 한 구석이 밀려든다. 그러나 그녀는 그 감정을 오래 붙들고 있게 놔두지 않는다. 한국 영화에서 단골로 사용하는 신파가 시작될 지점이면 그녀는 정색을 하고 글을 꺾고 다른 코미디의 흐름을 탄다. 코미디의 천재인 그녀는 독자가 신파 속에서 궁상 떠는 걸 아주 싫어하는 것 같다. "웃으세요, 웃으세요, 이건 웃기기 위한 소재일 따름입니다", 그녀가 만드는 웃음의 파도는 이어진다.

3.

황서미표 코미디의 백미는 수녀원 얘기다. 한동안 수도원 기행이 유행이었다. 삶의 위안을 찾아 떠나기도 하고 문화적 경험을 위해서 떠나기도 한다. 내 주변에도 이런저런 핑계로 수도원 기행을 떠나는 사람들이 있었다. 그렇지만 수녀원 얘기, 그것도 처음에 들어가서 나올 때까지 실생활 수녀들의 얘기를 이렇게 진지하게-그러나 역시 웃지 않을 수 없는-본 것은 처음이다. 밑도 끝도 없는 찬양이나 불편한 고발 같은 것은 없다. 그저 잔잔하게 펼쳐지는 일상의 파노라마와 배꼽을 잡지 않을 수 없는 수녀님들의 일상, 그래도 진지하게 흘러가는 구도자의 삶, 그런 것들이 압축적으로 펼쳐져 있다. 아, 그렇겠구나. 실컷 웃다 보면 또 우리의 삶 한 구석을 버티며 흘러가는 종교의 큰 강 같은 것에 머리 숙여지는 느낌을 받는다. 그래, 저것이 종교야! 웃음과 진지함이 공존하며 우리 시대를 살아가는 종교 한쪽의 모습이 그녀의 글을 읽은 이후에 아주 멀게 느껴지지 않는다. 그게 웃음의 힘인지도 모르겠다.

누구나 글을 쓸 수 있고, 누구나 잘 쓸 수 있다. 그리고 누구나 재밌게 쓸 수 있다. 그러나 읽다 보면 웃지 않을 수 없게 쓰는 건 어렵다.

왕과 귀족을 놀려먹는 희곡을 쓴 어느 사나이에게 귀족들이 화가 단단히 났다. 그래서 왕에게 그 공연을 보게 했다. 황제 모욕죄로 사나이의 목이 날아가게 생겼다. 그런데 연극을 보다가 왕이 너무 웃겨서 일어나서 박수를 쳤다. 사나이는 코미디계의 '시조새'가 되었다. 그가 몰리에르다. 황서미가 이혼한 사연, 직장에서 나오게 된 사연, 아들딸과 함께 눈물콧물 흘리면서 하루하루를 견뎌내는 사연을 보면서 나는 자연스럽게 몰리에르 생각을 했다. 결혼 다섯 번 한 작가 황서미, 그녀를 언젠가 우리 시대의 몰리에르로 기억하는 날이 오면 웃기기는 할 것 같다.

1차원적 '아재 개그' 말고 품격 있고 깊이 있는 웃음에 목마른 분들에게 황서미의 에세이집을 권해드린다. '강남 스타일'과는 좀 결이 다른, 아주 삐딱하고 불경스러운 블랙 스타일을 만나게 될 것이다. 그리고 결국은 웃게 될 것이다.

우석훈 박사

프랑스에서 경제학을 공부했다. 현대 환경연구원, 에너지관리공단 등에서 일했고, 유엔 기후변화협약의 정책분과 의장과 기술이전분과 이사를 역임했다. 경제와 사회, 문화와 생태의 영역을 종횡무진 넘나들며 글쓰기와 강연 활동을 하고 있다. 저서로 『88만원 세대』, 『불황 10년』, 『연봉은 무엇으로 결정되는가』, 『당인리: 대정전 후 두 시간』 등이 있다.

Respect you, 니가 뭘 하든 간에 ↵

↵

↵

↵

여자가 죽었다. 남겨진 유족은 오로지 중학생 딸. 빈소가 차려지고 얼마 안 있자 검은 양복을 입은 자들이 하나둘씩 몰려든다. 망자에게 예를 차리고는 표표히 흩어져 앉아 국밥을 먹는 이들은 그녀의 전남편 다섯 명! 이 땅 구석구석에서 살아내고 있는 형형색색 평범한 남자 다섯 명이 한자리에 모였다. 그냥 왔을 리 없다. 여자가 그들 앞으로 하나씩 남긴 종신 보험금 1억 원이 그들의 목표.

그들이 벌이는 찌질하고 웃긴 삼일장 이야기가 이제부터 시작된다. 그녀는 과연 어떤 모습으로 그들의 뇌 속 추억망에 걸려 남았을까.

거의 5년간 구상한 영화의 간단한 줄거리다. 이름하야 「죽은 황녀를 위한 파반느」! 이 이야기는 '내가 죽으면 전남편들이 과연 내 장례식장에는 올까?' 이런 아주 허무맹랑한 생각에서 시작되었다.

이 이야기를 아무리 시나리오로 풀려고 해도 잘되지 않았다. 벌써 몇 번을 썼다 갈아엎었다. 아직 이 다섯 남자 이야기는 내 안에서 완벽하게 용해되어 내려보낸 것이 아니기 때문이다. 제삼자의 관점에서 남의 이야기처럼 객관적으로 재미있게 써내기에는 너무 주눅이 들었다. 애써 '괜찮다' 하며 살아온 지난 20년인데, 아직 안 괜찮았나 보다.

인생의 현재 스코어에서, 나는 남편이 다섯 명이다. 다섯 번째 남편이랑 지금 8년째 살고 있다. 이 정도면 아주 오래 살았다. 예전 네 번의 결혼 생활은 모두 3년 이내에 종을 쳤으니 꽤 좋은 성적이다. 물론 다른 사람들 사는 것하고 똑같다. 현 남편직을 수행 중인 이와도 중간에 헤어지네 마네, 산으로 가고 싶네, 별로 가고 싶네, 난장을 치기는 했다. 이렇게 살아온 8년이다. 아, 오래도 살았다.

'여러 번의 결혼과 이혼'으로 말하자면 다들 엘리자베스 테일러를 떠올릴 것이다. 나는 그런 미모의 여배우도 아니고 한 달 벌어 한 달 사는 사람인데, 어쩌자고 무슨 결혼을 그렇게 많이 했나 다들 궁금해한다. 내 앞에서 얘기하지는 못해도 나에 대한 의혹들은 하나씩 있다. 내가 그것을 왜 모르겠나.

가장 큰 의혹 세 가지를 뽑아보면 다음과 같다.

Q1. 저 여자 조금 이상한 것 아니야?

A1. 나는 조금 이상한 것이 아니라 아주 '많이' 이상하다.

Q2. 그렇게 여러 번 이혼한 데에는 저 여자에게 분명 무슨 문제가 있어.

A2. 이혼한 데에는 나에게만 문제가 있는 것이 아니라, 결혼 생활 자체에 문제가 있었다. 누구도 내 삶의 영역을 침범하는 것을 허용하지 않는 것이 결혼 생활 해지의 유일한 기준이었다. 내가 행복하지 않으면 아이들도 절대로 행복하지 않다는 것을 너무나 잘 알고 있기에. 물론 처음엔 바보같이 남편의 폭력 또한 부부 사이의 노력인 줄 알고 맞아주고 참았으나, 이 또한 한 사람의 정신적 자유를 극심하게 해하는 작태라는 것을 얼마 안 가 파악했다.

Q3. 남자 없으면 못 사나 봐.

A3. 젊어서는 어땠는지는 모르지만, 지금은 남자 없어도 산다. 앞으로도 아주 잘 살 것 같다. '남자 없으면 안 돼?'라는 말은 정확하게 이야기하면 섹스 파트너, 나의 성생활까지 포함하는 이야기임을 잘 안다. 그러나 이혼을 많이 했다고 해서 성적으로도 자유분방할 것이라는 확신과 결혼을 여러 번 했다고 남자를 천성적으로 좋아한다는 공식은 어디서 나온

것인지 모르겠다.

섹스를 하고 싶어 수많은 대가를 치르고 결혼을 하는 어리석은 자들이 있을까? 반대로, 결혼해서 한 사람과 살아온 사람이라도 그 배우자하고만 평생 섹스하는 이들이 세상에 몇 명이나 되는지 생각해보면 좋겠다. 그 사람들이 모두 섹스를 좋아해서 그 사달을 내는 것은 아니지 않을까. 모두 '자기는 아닌 척' 한다. 자신은 정말 이런 '지저분한' 일에는 해당 사항이 없다고 착각을 한다. 나도 그렇다. '나는 절대 바람 안 피워'라는 결심을 하고 계시다면, 모두 잘들 지켜내시길!

별로 예쁘지도 않은 이 아줌마에게 사람들이 듣고 싶어 하는 이야기는 얼마나 많은 남자를 사귀었고, 얼마나 후려댔으며, 이혼은 또 어떻게 화끈하게 해치웠는지에 대한 것이다. 사랑과 전쟁의 현실판뿐이다. 얼마나 비참했는지를 실시간으로 눈앞에서 확인하고 싶어 한다. 그럼 나는 쪽박난 결혼 이야기를 해준다. 순진하게도 그 쪽박을 흔들면서 제대로 각설이 타령을 시작한다. 그렇게 마음을 털어놓기 시작하면 반도 못 듣고 질려서 황급히 떠나버린다. 불편하단다. 쓸쓸해진다.

얼기설기 원고를 엮어 초고를 내민 자리, '그래서 지금 무슨 이야기를 하고 싶으신 걸까요?'라는 한숨 섞인 반응만 돌아왔다. 또 다른 술자리에서는 "작가님, 사람들은 다른 사람들이 겪은 힘들고, 어두운 얘기 돈 주고 사서 읽고 싶어 하지 않아요"라는 충고마저 들었다.

맞다. 내가 더 잘 안다. 사람들은 비극적 이야기에 귀를 쫑긋할 뿐이지, 진짜 비극을 현실로 받아들이고 싶어 하지 않는다. 뉴스에 나온 흉악범죄 사건이 내 얘기라면 얼마나 끔찍하겠나. 내가 겪은 인생의 비극적인 이야기는 사실이 아니라, '이야기'로 남았을 때여야만 열광한다. 아침 드라마는 진짜가 아닐 때만 유희의 대상이 된다.

이 책은 나오기까지 아주 오랜 시간이 걸렸다. 초고, 특히 '매번 최악을 갱신하는 다섯 번의 결혼' 이야기는 다시 보니 사람들이 질문해온 것들에 대해 아주 친절하게 답해준 것뿐이었다. 사람들이 듣고 싶어 하는 줄 알고 따따부따 나만 떠들어댄 것이었지, 내가 하고 싶은 이야기는 아니었다. 내가 진짜 하고 싶은 이야기는 뭐였을까. 누가 묻지 않아서 차마 꺼내지 못한 이야기는 없었을까.

그런데 사람들의 예상과는 달리 알알이 영롱했던 다섯 번의 결혼에는 슬프고 비극적인 일을 제칠 만큼 웃기고 즐거운 일도 많았다. 내가 결혼 이야기를 먼저 넉살 좋게 꺼낸 건 상대방을 웃기기 위해서였다. 좀 웃으시라고, 편안하게 웃어보시라고 말이다. 사람도 직접 만나보면 그렇게 썩 야하고 뇌쇄적인 사람도 아니다. 오히려 빙구 쪽에 가깝다. 그 머릿속에 『이상한 나라의 앨리스』만큼 이상하고 재미난 이야기가 많이 들었다. 괜히 결혼 여러 번 했다고, 기죽어서 땅속 깊이 묻어버린 에피소드들을 발굴해낼 시간이 온 것 같다. 이제 본격적으로 하고 싶었던 이야기를 시작해보려 한다.

"내가 나인 것에 다른 사람을 설득할 필요는 없다. 괜찮다."

드라마 〈이태원 클라쓰〉의 마지막 대사다.

*참고
본문 목차의 일부는 걸그룹 '마마무'의 노래 가사에서 영감을 흠뻑 받았음을 밝힙니다. 혹시 지나가다가 보시면, 왜 남의 것 가져가 쓰냐며 열 받지 마시고 함께 즐겁게 읽어주셨으면 합니다.

차례

제 2장. 혐오스런 황서미의 일생

제 3장. 시스터 액트_수녀원에 있다가 나오셨다구요?

제 4장. 내일을 향해 쏴라

제 5장. 굿'바이_이승 to 저승 익스프레스

제 1장.

콜 미 바이 유어 네임

사랑 그 몹쓸……

그대 이름은 하객 알바

내가 세 번째 결혼하던 날.

결혼을 처음 할 때는 당연히 친척들은 와글와글, 엄마 성당 친구, 아빠 친구에 심지어 아빠가 몸담고 계시는 합창단 단원들까지 오셔서 웅장하게 결혼 축가를 불러주는 등 영국 왕자님들 못지않은 성대한 결혼식을 올렸다. 그런 빽적지근한 결혼식도 사실 살다 보니 다 필요가 없었다. 그저 현실에 맥없이 문을 닫아버렸을 뿐. 그리고 두 번째, 거기다 세 번째…….

이쯤 되니 부모님도 슬슬 남부끄러워하기 시작하셨다. 살면서 창피함 따위 딴 데다 던져버린 나라 해도 이제는 청첩장 내밀기도 민망해졌다. 하물며 평생 한 사람의 옆지기 역할을 하다가 죽도록 고생한 인생 드라마에 자부심을 갖는 어르신들이다.

거기다 데리고 오는 신랑마다 어떻게 하나같이 다 총각이었는지, 나야 여러 번 해봤지만 그들은 이번이 첫 결혼 아닌가. 자의건 타의건 드레스 입고 각종 결혼식장에서 꾸역꾸역 식을 올려야만 했다.

이번 결혼은 친척들에게 이야기 안 할 거라고 부모님이 준엄히 선포하셨다. 그에 별 대꾸 없이 고개를 끄덕였다. 그러나 날이 다가오면서 조금씩 위통이 몰려왔다. 신랑 쪽은 귀한 아들 첫 결혼이라 시골에서 버스 대절해서 올라온다는데, 난 어찌해야 할지 도저히 답이 안 나왔다. 시어머니가 꿈에까지 나오기 시작했다. 게다가 왜 결혼식을 마치면 악착같이 직계존속부터 친인척이며 친구들까지 챙겨서 사진으로까지 촌스럽게 박아두는 건지. 사진을 무슨 수로 찍지? 일이 이렇게 된 이상 그냥 친척들 앞에서 무릎 꿇고, '저 이번에 또 결혼하게 됐습니다. 축의금 안 받을 테니 그냥 오세요' 하고 읍소해야 할까. 한 이틀 밤을 고민하다 결국 결론을 내렸다.

하객 알바.

"여보세요, 거기 결혼식 날 하객 보내주시나요. 네, 네. 이모 세 분, 고모 세 분, 이모부 두 분, 고모부 세 분 필요해요. 다들 얼추 60대, 65세 미만이시면 좋겠고요. 사촌요? 아…… 30대 초반 두 명, 20대 두 명, 아니 20대는 다들 바빠서 얼굴 잘 안 비추니까 한 명만 보내주세요."

결혼식 당일, 엄마는 내가 앉아 있어야 할 신부 대기실에

타조가 모래판에 머리 박듯 숨으셨고 아빠 혼자 어색한 미소로 식장 앞에 서 계셨다. 저 먼 나라에 사는 동생 내외는 내가 시집을 몇 번째 가는지 계산조차 못 할 터였다. 소식은 들었으되 식장에는 보이지 않았다. 반대로 신랑네 집에서는 얼굴이 까맣게 탄 할머니 할아버지들까지 조카 손주 며느리 보러 먼 시골에서 벅적거리며 올라오셨다.

"아이고, 안녕하세요. 뭘 또 여기까지 오셨어요~"

친척을 보고 반가워하는 시어머님의 소프라노 소리가 수십 번 로비에 울려 퍼진다.

엄마까지 내 자리를 차지하고 앉아 좁디좁은 신부 대기실. 고개를 쭉 빼고 밖을 보니 축의금 받는 책상에 30대 초반의 사촌 역할을 맡은 알바가 앉아 있다. 몇 안 되는 우리 쪽 하객들에게 축의금 봉투를 받고 식권을 나누어주고 있었다. 제 역할에 충실하며 아주 흥겨워 보였다. 오, 꽤 쓸 만한데. 좀 있으니 이모 역할 맡으신 세 분이 호들갑을 떨며 들어오신다.

"아이고~ 신부 이쁘다. 신혼여행 어디로 가니? 신랑 잘생겼더라. 행복해라."

이분들도 베테랑이다. 사전 매뉴얼 숙지도 잘 되었을뿐더러 따뜻하고 친근한 명연기를 펼쳐 보인다. 진짜 우리 이모보다 낫다 싶을 정도다.

"폐백 때까지 잘 부탁드려요."

나는 짙은 신부 떡화장이 갈라질세라 입을 오므리며 웃어 드렸다. 그 뒤로 따라 들어오신 고모 역할 두 분도 흡족했다. 심지어 시어머니랑 예의 바르게 인사까지 하시고는 식장에서 보자며 유유히 나가셨다.

"자, 여기 보세요~! 하나, 둘…… 저 두 번째 줄 누구시죠. 네, 세 번째!"

"저요? 호호호호~ 이모예요."

"이모님~. 네. 조금만 옆으로 들어와 서주세요. 감사합니다! 자아~ 진짜 갑니다. 하나, 둘, 셋!"

사진 찍을 때는 신랑 신부가 맨 앞에 서야 한다는 것이 이렇게 고마울 수가 없었다. 지금 내 등 뒤에는 우리 엄마 아빠와는 전혀 닮지 않은 생경한 식구들이 사진, 그놈의 결혼사진을 찍으러 미소를 지으며 줄줄이 서 있다. 가짜 이모, 고모님들과 눈 마주치는 것마저 서로 민망한데, 내 맘은 왜 이리 든든한지.

폐백까지 모두 마치고, 그들에게는 오늘 나의 결혼식을 위해 암약해주신 것에 대한 귀한 일당이 은밀히 지급되었다. 그들은 또 다른 이의 가족이 되러 어디론가 떠났다. 총총.

너의 당당함을 영원히 사랑할 수 없었어

예전 남자친구는 뚜렛증후군을 지닌 사람이었다.

뚜렛증후군은 틱이 음성과 행동으로 복합적으로 나타나며, 그것이 1년 이상 오래 지속될 때 붙여지는 병명이다. 눈을 깜빡이는 것은 물론 손을 갑자기 위로 쳐들기도 하고, 하체로 내려와서 다리를 떨기도 한다. 이것까지는 그나마 낫다. 자신이 원하는 소리가 아닌데도 나오는 '음성틱'이야말로 뚜렛증후군을 지닌 사람들이 곤란해하는 부분이다. 음성틱 증상의 끝은 욕설이다. 가끔씩 욕이 터져 나오는 것이다. 기침을 참을 수 없듯이. 당연히 사회생활에도 지장이 있다. 틱이나 뚜렛은 안타깝게도 아직 치료 방법이 나오지 않았다. 약도 없다는 얘기다. 부모나 주변 사람들이 도울 수 있는 일은 증세가 나타날 때마다 모르는 척하는 것뿐. 이 증세를 보고 그러지 마라, 참아보라고 아무리 얘기하고 싶어도 하지 않는 것이 불문율이다. 이 친구는 욕설을 동반한 음성틱이 있었다. 그래도 성격이 어찌나 밝고 명랑한지 주변에 친구도 많고 회사도 활기차게 잘 다녔다

틱이나 뚜렛은 장애인데도 이 친구에게는 그냥 흘러가는

물과 같았다. '장애'라는 단어에는 하나하나 막히고 거리낀다는 뜻이 담겨 있다. 그러나 이 친구는 전혀 거리낌 없이 증상과 함께 살고 있었다. 나랑 사귈 때도 아주 당당했다. 드라마 같은 데에서나 볼 수 있는, '나는 널 사랑하기에 보낼 수밖에 없다'는 준비된 이별 마인드는 전혀 가지고 있지 않았다.

사실 어디 들어가서 술 한잔하려고 하면 쉴 새 없이 꺽꺽대는 통에 창피하기도 하고, 난데없이 "아, 씨발 좆도!"를 기침하듯 외치는 바람에 옆 테이블과 싸움이 날 뻔한 적도 있었지만 그는 늘 '내가 왜? 나 괜찮지 않냐'는 태도를 흩뜨리지 않았다. 그 당당함이 멋졌다.

어떤 의사 선생님이 그러셨다. 호르몬을 공부하다 보면 '나는 너를 영원히 사랑해'란 말이 도저히 나올 수가 없다고. 인간 신체의 구조상 그 '영원'이란 말이 성립될 수가 없다고 한다. 세포는 날마다 탈락과 재생을 반복한다. 우리 몸에서 분출되는 호르몬도 항상 일정할 리 만무하다.

어느 날 함께 카페에 앉아 있는데, 갑자기 틱 증세가 아주 심하게 나타나는 바람에 물컵을 쳐서 깨뜨렸다. 쨍그랑 소리가 나자 사람들의 시선이 이 친구한테 모두 집중됐다. 순간 그의 얼굴을 바라보니 '읍읍' 하며 뭔가 참는 것 같았다. 화가 나는 것도 아니었다. 그렇다고 창피한 것도 아니었고. 그냥 단순히 얼굴로 순식간에 피가 몰리는 느낌에 그 자리에 앉아 있을 수가 없었다. "나가자!" 하면서 앞서서 빠른 걸음으로 카페를 빠져나가고 있는데, 못 참겠는지 그가 결국 뿜었다.

"꺼억!! 씨발 조오또오오오!"

일순간 카페가 얼어붙었다. 처연하게 아름다운 영화 〈엘비라 마디간〉에서 총성이 울리는 가운데 누군가는 슬로모션으로 피를 흘리며 쓰러진다. 그런데 날씨는 왜 이렇게 좋은지. 너무나 아름답고 맑은 날씨 속에 배경음악은 모차르트 피아노 협주곡 21번. 다른 사람들은 모두 멈췄는데, 우리 둘만 그 정적을 뚫고 나가는 듯했다. 사랑은 끝났다.

이 친구가 어떻게든 내 마음을 돌려보려고 집 앞으로 왔다. 나는 원룸에 혼자 살고 있었는데, 우리 집 현관 비밀번호 정도는 외웠던 사람이 위로 올라오지 않은 것을 보면 마음의 준비를 한 모양이었다. 아래로 터덜터덜 내려가 덤덤하게 마음을 전했다.

"미안해, 앞으로 그냥 연락 안 하면 좋겠……."

"아, 그래. 그러자으흐어억! 시발 좆도!"

그 친구도 나도 다른 때보다 유난히 더 찰진 쌍욕이 끝나자마자 함께 피식 웃었다.

벌써 헤어진 지 15년이 넘은 지금, 그 친구를 아주 가끔 떠올려본다. 그는 어떠한 상황에서든 늘 답을 찾아냈다. 사랑의 감정이야 이미 오래전에 끝을 다했지만, 한때 나를 단번에 매료시켰던 밝은 천성과 당당함이 이미 중년의 가장이 되어 삶을 꾸려나가고 있을 그에게 고스란히 남아 있기를 바라며.

사랑, 그 거룩한 저항

작업실에서 공간을 나누어 쓰는 분들과 담소를 나누던 중 이런 이야기가 나왔다. 모 그룹 내에서는 정보 공유나 유출을 끔찍이도 신경을 쓰는지라 컴플라이언스라 불리는 준법 감시 부서가 아주 막강하단다. 그래서 그 부서에서 사내 연애나 불륜도 다 잡아낸다는 것이다.

"아, 사랑 중에 불륜이 제일 재밌습니다."

젊은 남자분이 우스갯소리를 던졌다. 나도 신나서 거들었다.

"사랑 중에 불륜이야말로 진정한 사랑이죠."

다 같이 농담으로 낄낄대다 이야기가 끝났지만, 사랑의 강도나 감히 화염이라 불릴 수 있는 그 감정의 온도는 사실 불륜만 한 것이 없지 않을까 진지하게 생각해본다.

물론 정상적인(?) 부부의 사랑에서 비롯되는 가정을 이루고 유지하는 경제 공동체와 자녀들을 함께 키우는 양육 공동체로서의 신성함은 그 어떤 사랑도 따라올 수 없다. 하지만 사랑 자체로만 보면 장애물이 없어 느슨하기도 하다. '가족끼리는 그러는 것 아냐'라는 말이 괜히 나오는 것이 아니다. 간단히 말해 재미없으니까. 매일 보는 사람에게 무슨 설렘이 있겠으며, 밤에 자다가 깨어 키스할 수 있는 열정이 있겠는가. 여전히 그런 열정이 있는 부부라면 와우! 이미 로또에 당첨된 것과 다름없으니 이생에 로또는 포기하시길. 함께 있을 때 얻는 편안함, 길게 설명하지 않더라도 척하면 착하고 알아듣는, 세상에서 나를 가장 잘 아는 사람이 있다는 것은 결혼이 주는 최고의 선물이긴 하지만 대부분의 결혼 생활은 열정은 제거되고 생활만 남는다.

내가 발칙하게도 불륜이 최고의 사랑이라고 이야기하는 것은 바로 이 장애물 때문이다.

둘만 아는 사랑, 이것만큼 외로운 사랑이 어디 있을까. 지금 내 앞의 열정 때문에 각자의 배우자에게 당당할 수도 없는 그 비참함과 미안함을 깡그리 무시하고 그저 서로에게 돌진하고 싶은 두 사람. 불륜이란 누가 먼저 그 감정이 사그라들어 다시 가정으로 돌아가는가의 시간 게임인데, 그마저도 너무 질투가 나서 하루하루 괴로운 그 심정을 어떻게 하겠냐는 것이다. 그래서 감정의 도가니에 기름을 더 들이붓게 되는 것이다. 옆에서 누가 말리면 그렇게 하고 싶은 것이 인간의 심정인가 보다.

촌스럽게도 세기말에 약혼식을 한번 한 적이 있다. 어차피 치를 결혼을 뭘 또 약속까지 해야 했었는지는 모르겠지만, 여하튼 했다. 장소는 당시 불고기를 중심으로 한정식을 팔던 음식점 '대원각'. 그런 추억의 대원각이 지금은 그 유명한 법정 스님의 '길상사'로 바뀌었다. 성북동이 지금 사는 곳에서 그리 멀지 않은 곳이라 지금도 일 년에 한두 번은 꼭 들른다.

길상사 이야기는 다들 잘 아실 것이다. 「나와 나타샤와 흰 당나귀」로 잘 알려진 시인 백석의 연인 자야 김영한 씨가 법정 스님께 시주한 곳이다. 문예집에 수필을 기고하는 등 인텔리 기생이었던 김영한은 1936년, 함흥에서 영어 교사를 하던 백석의 술자리에 우연히 동석했다가 첫눈에 사랑에 빠진다. 백석은 그날 바로 그녀에게 이렇게 사랑을 고백한다.

"오늘부터 당신은 나의 영원한 마누라야. 죽기 전에 우리 사이에 이별은 없어요."

이런 심장을 단칼에 베어내는 사랑 고백이라니! 비록 불륜은 아니지만, 이를 시작으로 이들의 사랑은 온갖 역경을 극복하고 끝까지 관계를 지켜내려는 러브 스토리의 정석과 같은 이야기를 만들어낸다. 영어를 가르치는 엘리트였던 백석의 부모가 이런 사실을 알고 가만히 있을 리 없었다. 그들은 끈질기게 아들을 자야와 헤어지게 하려고 갖은 애를 쓰지만,

그럴 때마다 백석은 더욱 애타는 마음으로 자야를 찾아온다. 그렇게 둘은 뜨겁게, 3년 동안 사랑한다. 힘든 사랑을 이어가던 백석은 결국 마지막 칼을 빼 들었다.

"자야, 나랑 만주로 가자. 깊은 산골, 만주에 살자."

이 이야기는 백석이 내놓은 미치도록 아름다운 시, 「나와 나타샤와 흰 당나귀」에 잘 그려져 있다.

가난한 내가

아름다운 나타샤를 사랑해서

오늘 밤은 푹푹 눈이 나린다

나타샤를 사랑은 하고

눈은 푹푹 날리고

나는 혼자 쓸쓸히 앉어 소주를 마신다

소주를 마시며 생각한다

나타샤와 나는

눈이 푹푹 쌓이는 밤 흰 당나귀 타고

산골로 가자 출출이 우는 깊은 산골로 가 마가리에 살자

(후략)

–백석의 시 「나와 나타샤와 흰 당나귀」 중에서

나는 예나 지금이나 어려움을 이겨내고 지켜내는 사랑에 너무 큰 판타지를 품고 있어 문제다. 이 시와 더불어 영원한 사랑꾼 백석을 무척 좋아한 나머지, '흰 눈이 푹푹 나리는 날이면 혼자 쓸쓸이 앉아' 소주를 마신다. 대한민국에서 국어를 공부했던 우리 모두가 이 시에 나오는 '마가리'를 '조국의 이상향'으로 해석하는 것은 시인에게 실례다. 최고로 낭만적인 사랑꾼 백석이 그를 의도했을 리 없다. 이곳은 자야와 함께 도망가 살려고 했던 만주 지역이다.

약속한 그날, 만주로 가는 기차역에는 백석만이 홀로 초조하게 자야를 기다리고 있었다. 자신의 존재가 백석의 앞길을 방해하는 것 같아 괴로웠던 자야는 끝내 나타나지 않았다. 이렇게 백석은 쓸쓸히 뒤돌아 만주로 가고, 자야는 남한 땅에 남아 둘은 영영 이별하고야 만다.

그렇게 백석과 결별한 자야는 전쟁 직후 억척으로 살아가면서 1951년 성북동에 땅을 구입하고 별장을 인수하여 요정 대원각을 만든다. 대원각은 1970년대에는 최고의 요정으로 명성을 날렸지만, 앞서 이야기한 대로 후일 고깃집이 된다. 남쪽의 자야는 매년 7월 1일 백석의 생일만 되면 금식을 하면서 그리워했다고 하는데, 단 3년의 사랑이 그렇게 긴 시간을 지배할 수 있을지 궁금하다. 반대로 둘의 사랑이 이루어지지 않아서 가능했던 일일 수도 있겠다.

한 살 한 살 더 먹어갈수록 '사랑이 이루어진다'는 것이 무엇인지 잘 모르겠다. 결혼의 마지막 지점은 결코 '결혼'이 아니라는, 다들 아는 답 정도만 알고 있다. 그런데 이건 '딴 사람 만나도 다 거기서 거기'라는 주장과는 다른 문제다. '다 거기서 거기'라는 말은 경험치로 보아서 얼추 맞는 듯하지만, 꼭 그렇지도 않다. 내가 안 바뀌면 남편, 애인 백 사람 돌려봤자 거기서 거기이긴 하다. 그러나 삶에 정답이 어디 있겠는지. 그리고 한 생 살면서 임상으로 실험해서 결괏값을 구할 수 있는 일도 아니고 말이다. 그나마 다른 사람들보다 수많은 실험(?)을 통해 샘플값을 많이 도출해냈지만, 그것 가지고는 도무지 속 시원한 결과는 낼 수 없었다.

자야 김영한 씨가 법정스님께 시주할 당시 대원각은 7,000평의 대지에 당시 시가가 1,000억 원에 달했다고 한다. 그녀의 수완이 대단했다. 앞서 전쟁 통에 거금인 650만 원을 주고 땅을 산 것도 보통은 아니었다. 북으로 간 뒤 새로 가족을 꾸렸지만, 어떠한 연유에서든 양치기를 하면서 여생을 마감한 백석의 복은 딱 거기까지였을지도 모르겠다. 그렇다고 백석이 불행했을 거라는 단정도 섣부르겠지만 구글에서 찾은 노년기 백석의 모습에서는 젊은 시절 재기 발랄한 총기는 찾을 수 없었다. 사람이 나이가 들고 난 뒤에 배어나는 원숙함이 아닌, 그와는 결이 전혀 다른 초라함이 보였다. 만약 그녀와 결혼했다면 백석은 북쪽에서 쓸쓸하게 삶을 마감하지는 않았을 거란 생각도 들고. 그저 통영 바닷가에서 시를 쓰며 어부를 하지 않았을까 하는 상상도 해본다.

인생사가 이리 엇갈리니 나는 우주가 두는 이 놀라운 한 수를 조용히, 그리고 겸손히 지켜볼 수밖에.

도쿄에서 길을 잃다
-소피 칼의 『시린 아픔』을 읽으며

2018년 들어서 최고의 수확이라 할 수 있는 책을 한 권 발견했다. 프랑스 사진작가이자 미술가인 소피 칼의 『시린 아픔』. 원제는 『Douleur Exquise』, 의학 용어로 뚜렷한 국소 부위의 격렬한 통증을 뜻한다고 한다. 이 단어를 한국인의 정서가 서리도록 '시린 아픔'으로 잘 바꾸어놓은 듯하다. 격렬함, 열뜸, 아픔, 곪음, 동통. 말만 들어도 통증이 온몸의 심장 박동에 따라 둥둥 울려댄다. 적어도 내가 지나온 사랑은 그랬다.

온통 빨강으로 물든 이 예쁜 책은 저자 소피 칼의 사랑과 이별 극복기다. 세상 이야기의 반이 사랑과 이별인데 전혀 유치하지 않다. 이제 와 돌아보니 사랑이라는 감정은 반 돌아버린 상태인 듯하다. 다들 인생의 흑역사를 사랑하면서 써내는 이유이기도 하다. 하지만 작가는 피 뚝뚝 떨어지는 본인의 미친 사랑의 경험을 날것 그대로 이 책에 저며놓았다. 남들이 뭐라 하든 말든. 본디 자기의 몸과 생활을 재료로 작품 활동을 하는 것으로 유명한 작가라고 하는데, 이 책도 그 탁월한 결과물이다.

소피는 아빠의 친구를 오래도록 몰래 좋아했다. 그와는 스무 살 차이. 어린 꼬마 소피가 서른 살이 되었을 때 드디어 그와 사랑에 빠졌다. 아니, 그와의 사랑을 쟁취했다는 표현이 옳을까. 사랑이 시작되고 얼마 뒤 소피는 일본으로 3개월간 국비 연수를 가게 된다. 소피가 나고 자란 나라인 프랑스와 꽤 거리가 멀고 문화는 생판 다른 아시아의 일본에 100일 가까이 머물 기회는 살면서 흔치 않았다.

그는 내가 오랜 기간 떠나 있는 걸 별로 달가워하지 않았다. 나를 잊을지도 모른다며 겁도 주었다. 어쩌면 그의 인내심을 시험해보고 싶었던 건지도 모른다. 서로 떨어져 있는 동안 참고 견딜 만큼 충분히 나를 사랑하는지 알고 싶었던 것이다.

–소피 칼, 『시린 아픔』, 소담출판사, 2015, p.204.

이 책에는 일본으로 떠난 소피가 그에게 보내는 모든 편지와 사진들이 정말 놀라울 만큼 멋지게 편집되어 있다. 슬플 정도로 매력적인 화보와 '당신이 보고 싶음'을 꾹꾹 눌러 담은 그 편지들이 수록된 장의 제목은 '고통 이전의 날들'이다.

기나긴 3개월의 연수를 마칠 무렵, 그녀는 연인에게 신나게 제안한다. 프랑스로 가기 전 뉴델리에서 만나자고. 얼마나 낭만적인지, 소피! 사랑하는 이를 국적 영토에서 만나는 것보다 타국에서 만나는 것이 더 흥미진진하다. 감정이 증폭된다. 나에게 프랑스는 그 자체만으로도 역동적이며 낭만적인 나라지만, 소피에게는 그저 '삶의 현장'일 테니 말이다. 그도 흔쾌히 뉴델리에서 만나자고 약속했다. 소피는 '그날'만을 기다리며 먼 타국, 낯선 일본에서의 '끔찍이도 싫었던 여행'을 마친다. 뉴델리의 어느 호텔 261호. 맙소사, 불과 몇 시간 전 뉴델리 모처에서 만나자며 유선으로 확인까지 했는데도, 그는 오지 않았다. 아무리 기다려도…….

그는. 오지. 않았다.

호텔 방 261호의 사진에서 시선은 멈춰 있다. 이제부터는 멈춰진 사진 위로 오뉴월 정신 나간 여자처럼 같은 이야기가 반복된다. 나는 왜 어쩌다가 일본으로 떠나기로 결정한 건지. 그 3개월 동안 그를 얼마나 그리워했는지. 그리고 뉴델리에서 만날 날만을 얼마나 기다렸는지. 새벽 2시에 전화 연결이 되기까지 몸과 마음은 얼마나 누더기가 되었는지. 그는 다른 여자가 생겼다고 했다.

내가 사랑하는 남자가 날 떠났다.

–소피 칼, 앞의 책, 2015, p.204.

슬프게도 이 장의 제목은 '고통 이후의 날들'이다. 이 책은 여기서부터 그저 한 여자의 이별 극복기 혹은 개인의 일기를 뛰어넘는 가치를 지닌다. 놀랍게도 소피는 자신의 실연을 우연히 만난 이들과 함께 적극 '나눈다.' 그리고 묻는다.

"너도 가장 힘들었던 순간을 이야기해줄래?"

그때부터 그가 떠난 후 98일간 극복의 여정이 시작된다. 책 한쪽은 소피의 하소연, 반대편 한쪽은 아픈 여정 속에서 들은 타인들의 고통스런 이야기들이 수록되어 있다. 각자의 상황에서 벌어진 죽음의 이야기다. 결국 이별도 죽음으로 귀결된다. 이 지난한 과정을 거치며 소피는 엄청난 치유의 힘을 얻는다.

억지로라도 내 사연을 이야기하다가 나 스스로 지칠 때쯤, 혹은 다른 사람들의 고통에 견주어 나 자신의 고통을 상대화하게 될 때쯤, 서로의 가슴 아픈 사연을 주고받는 이 행위는 끝이 난다.

–소피 칼, 앞의 책, 2015, p.202.

그가 떠난 지 5일째 되는 날은 책 한 바닥이 텍스트로 가득

찼다. 여전히 같은 이야기들이 반복된다. 내가 사랑하는 사람이 날 떠났다. 내가 사랑하는 사람이 날 떠났다. 그러나 시간이 갈수록 점점 텍스트는 짧아진다. 같은 내용인데도 한번 찢긴 마음에 새살이 돋으면서 할 말이 줄어드는 것일까?

게다가 편집자의 의도인지 저자 소피의 의도였는지는 모르겠지만 98일 차로 가면서 문장이 한 두 문장에서 끝나고, 텍스트 색깔도 흐려진다. 이 책의 마지막 장에 가서는 글자가 잘 보이지 않아서 실제 형광등 밑에 가서 비춰보기까지 했다.

* * *

아주 오래전, 나는 그와 후쿠오카 하카타역에서 만나기로 약속했다. 나는 출장으로 도쿄에 먼저 가 있던 터였고, 그는 내 시간에 맞춰서 후쿠오카행 비행기를 타고 와 만나는 일정이었다.

"내가 먼저 도착해 있을 거야. 아니면 하카타역 근처 서점에 가 있을게."

그는 서점에 가 있겠다고 했다. 도쿄 출장 내내 그와 함께할 생각에 나는 얼마나 들떠 있었는지. 지루한 세미나와 회의도 내겐 아무런 문제도 되지 않았다. 오뎅 한 그릇, 꼬치 하나도 그저 내겐 모두 기쁨이었다. 나는 가족 여행이 있다고 둘러대고는 동료들을 보낸 뒤 나만 신칸센을 타고 내려왔다. 기차 안에서의 시간은 생각보다 꽤 길고 지루했다. 그래도 그와 유후인으로 가서 료칸에 묵으며 가이세키 요리도 함께 즐길 생각에 부풀어 있었다.

하카타역에 도착했다. 등에는 배낭을 메고, 손에는 커다란 여행 가방을 돌돌 끌면서 걸어갔다. 그가 도착할 시간은 아직 되지 않았다. 하카타역 앞에 사람들이 수없이 지나간다. 다들 바쁜 듯 조급하다. 정장을 입고 지나가는 모습이 북적이는 우리나라 명동 한복판과 다르지 않았다.

약속한 그 시각이 다가왔다. 외국에서 불쑥 그를 만나는 것은 매주 시간 약속을 하고 만나는 것과는 또 다른 긴장이 있었다. 전화해볼까? 그렇지만 분명 그 성격에 로밍 따위는 귀찮아서 안 했을 것 같아서 관뒀다. 오지 않을 리는 없으니까. 불과 오늘 아침에 신칸센을 타기 전 통화하고 서로 확인했다. 배에서 꼬르륵 소리까지 나지만, 그렇게 먹고 싶었던 라멘 따위는 입에 대고 싶지도 않다. 다시 한번 시계를 보니 그가 하카타역에 와도 한참 전에 왔어야 할 시각이다. 또 다시 여행 가방을 도르르 도르르 끌고 근처 서점을 찾아갔다. '本'이라고 커다랗게 쓰인 간판이 보인다. 책 좋아하는 그가 서점에서 책 보느라 정신이 팔렸다가 옆에 서 있는 나를 보고 깜짝 놀라기를 기도하며 무거운 서점 문을 밀고 안으로 들어갔다. 여행 가방을 입구에 잠시 맡겨두고 그를 찾아 헤맸다. 보이지 않았다. 점원에게 다가가서 아주 천천히 영어로 이 근처에 다른 서점이 있냐고 물어봤다. 소용없는 일이었다. another란 단어조차 알아듣지를 못하니…….

다시 하카타역으로 가봤다. 점점 날이 저물고 있었다. 기차역 사이로 가라앉으며 들어오는 햇빛 줄기를 보니 마음이 서늘해졌다. 하루 몇 번 운행하지도 않는 유후이노모리 기차도 온통 다 놓쳤다. 심지어 유후인 료칸에서 더듬더듬 어수룩한 영어로 정중하게 체크인 확인 전화까지 왔다. 노 쇼. 스미마셍.

그가 한국에서 무슨 이유로든 비행기를 타지 못했을 것이라는 확신이 들자마자 그의 휴대폰으로 전화를 걸었다. 다리도 너무 아프고, 목도 말라 하카타역 초입 편의점에서 청포도맛 탄산수를 사 들고 근처 의자에 앉았다. 신호음이 간다.

"여보세요. 누구세요? 왜 이 사람한테 전화하시는 거예요? 어디세요?"

낯선 여자의 목소리. 나는 전화를 끊고, 눈을 잔뜩 찡그리고는 다음 날 유후인 가는 기차 시간표를 살피기 시작했다.

* * *

내가 사랑하는 남자가 날 떠났다.

–소피 칼, 앞의 책, 2015, p.276.

이 문장을 마지막으로 소피의 여정은 끝난다. 치명적인 스포일러를 한 것 같지만, 아니다. 이 책은 줄거리의 구조보다는 과정이 핵심이기에. 반전이 전혀 있을 리 없는, 그래서 더 안타깝고 더 힘이 되는 책이다. 참고로 사진작가인 소피의 사진도 이 책이 독자에게 주는 또 하나의 선물이다. 유럽인의 눈으로 본 1980년대 일본의 모습은, 진정 환상적이었다.

곰신 오브 레전드

1997년인가. 당시 남자 친구가 육군사관학교를 졸업하고 나서 처음 소위로 발령받은 곳이 강원도 고성 22사였다. 생도 때는 학교 밖에서 일주일에 한 번은 꼭 만났는데, 임관 후에 자대 배치를 받은 후에는 얼마나 바쁘던지 두세 달이 지나도록 만날 수가 없었다.

몇 달을 기다린 뒤 어느 날, '점프(군인이 위수지역을 몰래 넘어서 다른 지역으로 가는 것. 아시는 분들만 대충 넘어가 주시길. 찡긋)'라도 해서 서울로 잠시 오겠다는 연락을 받았다. 그런데 혹서기 훈련이 오늘 끝나 부대원들과 낮에 회식을 하니, 그걸 대충 마치고 저녁 버스를 타겠단다.

지금도 기억난다. 자취집 깨진 슬레이트 지붕 사이로 파란 하늘이 보이던 금요일 오후. 이상하게 저녁 어스름까지 연락이 없다. 휴대폰도 없고, 삐삐만 있던 시절이었다. 아무리 삐삐를 뚫어져라 봐도 쌓인 메시지가 없다. 이미 해는 져버렸고, 주인집에서는 저녁밥 짓는 냄새가 난다. 아무래도 술 한 방울 못 마시는 인간이 회식하다가 장렬히 산화한 듯했다. 이해는 가지만 몹시 우울해졌다.

방에 덩그러니 앉아 턱을 괴고 9시 뉴스를 영혼 없이 보고 있던 중, 무언가가 머리를 번쩍 스쳤다. 얼른 전화기를 들어 삐삐 메시지함을 열어봤다. 턱이 덜덜덜 떨렸다. 비번을 누르는 손도 덜덜덜…….

'저장된 메시지가 ×개 있습니다.'

"야, 회식 대충 마쳤으면 나와."

"영감님 잘 모셔다드리고."

아, 아직도 회식에 붙잡혀 있나, 몇 시지? 하고 내 방의 벽시계를 보는데……. 전화기에서 내가 뭘 들은 거야?

"야, 여기 스타킹이다. 와라."

스타킹?

튀어 봤자 속초 시내다. 뭐 하는 가게인지 이름 한번 음란하구나. 피 끓는 스물세 살 아가씨의 시한폭탄 뇌관을 건드리는 순간이었다. 9시 뉴스가 끝나기도 전에 당장 고속버스 터미널로 달려갔다. 당시에는 속초 가는 길이 미시령인지 한계령인지 고개를 굽이굽이 넘어가느라 4시간 반이나 걸렸다. 고개를 넘으면서 멀미하는 사람들도 수두룩했지만 지금 그게 문제가 아니었다. 막차를 겨우겨우 잡아타고 출발했다. 부대가 어디 있는지도 모르고 그냥 편지 봉투에 쓰인 주소만 들고 갔다.

도착해서 속초 터미널에 내리니 새벽 3시 반이 넘었다. 내가 터미널 건물에 들어서자마자 불이 탁 꺼졌다. 어디 갈 데도 없고, 아무도 없는 터미널 의자에 앉아 꾸벅꾸벅 졸기 시작했다. 모기만 잔뜩 윙윙댔다. 바닷가 모기가 또 전투력이 얼마나 센가. 원피스를 입고 갔는데 치마를 뚫고 나를 물어댔다. 새벽에 동이 터서 밖이 파르스름해지자마자 고속터미널 앞 찜질방으로 갔다. 거의 밤을 새우다시피 해서 몹시 피곤했지만, 그래도 그와 같은 강원도 땅에 있다는 것에 묘하게 힘이 났다. 미운데 또 좋기도 한 그 느낌. 천신만고 끝에 이른 아침 22사단 부대 앞에 도착했다.

"이○○ 소위 좀 불러주세요."

"사전 연락되신 겁니……"

"아, (난 그런 거 모르겠고) 불러주세요."

초소를 지키는 군인 두 명이 속닥속닥하더니 전화를 하는 듯했다. 한 30분 지났나. 나는 어젯밤 터미널에서 잘 때 물린 모기 자국이 너무 간지러워 못 참을 지경이 되었다.

그런데 저쪽에서 어떤 키 크고 시커먼 남자가 막 뛰어 내려왔다. 설마 저 사람일까. 만나지 못한 그 3개월 동안 얼마나 고생을 했는지 살이 다 빠져서 얼굴은 뾰족해지고 시커매졌다. '일국의 생도'가 '일개 소위'가 되는 것이 바로 이런 거구

나. 왜 여기 왔는지는 이미 잊었다. 그냥 부대 앞에 서서 어린애처럼 엉엉 울었다. 남 창피한 줄도 모르고 얼싸안았다.

"니. 여까지 우째 왔노."

내가 부대 앞에 서 있을 줄은 상상도 못 했을 것이다. 지금도 떠오르는, 코에 훅 끼치는 그 땀 냄새! 나도 이제는 나이 먹고 오래되어 글렀나 보다. 군복에 하얗게 핀 소금꽃 얘기를 들으면 아직도 뭉클하니 말이다.

* * *

23년 전 그 장소를 딸과 가봤다. 아주 좁은 길인 줄 알았는데 지금 보니 꽤 넓다. 저쪽 끝에서 막 눈물 닦으며 달려오던 사람이 보이는 것 같아 더 오래 서 있고 싶었는데 헌병들이 어떻게 오셨냐고 자꾸 묻는 바람에 "아니에요" 하고 돌아섰다. 군부대는 수십 년이 지나도 하나도 안 변하는가 보다. 기억과 정확히 일치했다. 운전해서 다시 내려오는데, 태어나서 처음 본 군부대에 딸이 약간 당황했다.

"엄마 이게 드라이브야? 우리 총 맞으면 어떡해?"

혼자 낄낄대고 웃으며 방향을 바꿨다. 이곳에 얽힌 얘기는 차마 딸에게는 하지 못했다.

아, 이 이야기를 빠뜨릴 뻔했다. 문제의 '스타킹'은 속초 시내에 있던 매우 건전한 통나무 호프집이었다. 대대장님은 부대로 가방 메고 직접 쳐들어오는 용감한 여자 친구는 살면서 처음 봤다며 한화 콘도에 직접 전화해 방을 잡아주시고 2박 3일 휴가까지 주셨다. 그리고 부대 식당에서 점심으로 군대식 프리미엄 국수도 대접해주셔서 맛있게 먹었다. 그길로 우리는 스타킹에 가서 맥주를 시원하게 한잔 마셨다.

살면서 이런 사랑 해봤으니 죽어도 별 후회는 없다. 게다가 세월은 정말 빠르다. 태어나서 그때까지 산 만큼 지금 곱절로 살았으니.

(이 글을 쓴 것이 2019년 여름인데, 2020년 봄, 하고 많은 훈련소 중에서 정확히 22사단 이 부대 훈련소로 아들이 입대했다. 물론 그와 나 사이에서 낳은 아들이다. 곰신 한번 아주 제대로 신은 것 같다. 지금은 벗었지만……)

부부의 세계-작은 옹녀 비긴즈

두 살 아래의 남동생과 나는 고등학생 때 같은 독서실을 다녔다. 별로 친하지도 않은데 왜 같이 다녔는지는 모르겠다. 다만 새벽 1시가 되면 독서실 밖 커피 자판기 앞에서 만나 말없이 걸어서 함께 집으로 왔다. 동생이나 나나 둘 다 그때만 되면 정신이 개운해졌다. 다른 친구들은 저녁 먹고 들어와서 EBS 교육 방송 보러 나갈 때 우리는 열정적으로 헤드뱅잉을 하며 독서실에서 편안히 숙면을 취했기 때문이다.

시네마 키드였던 우리 남매는 그 새벽부터 비디오 대여점에서 빌려온 테이프를 틀었다. 한밤중 엄마가 화장실에 가려고 삐거덕 안방 문을 열고 거실로 나오시면 동생은 텔레비전 리모컨과 비디오 리모컨 두 개를 잽싸게 움직여 채널 2번 AFKN을 보는 척 했다. 나는 도저히 두 손으로 능숙하게 껐다 켰다가 안 되는지라 그 역할은 동생의 담당이었다.

그날 새벽은 케빈 코스트너 주연의 〈JFK〉를 보고 있었다. 느낌상 엄마 아빠는 안방에서 푹 주무시는 듯했다. 중간에 엄마나 아빠가 나오면 우리한테 왜 아직 안 자느냐고 하도 뭐라고 하셔서 안방 쪽 분위기 감지에 익숙해진 터였다. 한창 보고 있는데 동생이 갑자기 비디오를 껐다.

"왜?"

"쉿! 조용히 해봐."

동생은 까치발을 딛고 안방 문 앞으로 가서 귀를 갖다 댔다. 나는 쟤 왜 저러나 하고 소파에 앉아 보고만 있는데, 동생 녀석이 나한테 손짓을 했다. 이리로 오란다. 나도 살금살금 다가가 문 쪽으로 귀를 기울였다.

헉! 엄마 아빠가 방 안에서 씨름을 하고 있었다. 우리 엄마 아빠는 안 그럴 줄 알았는데. 이게 말이다, 생물 시간이나 성교육 시간에 아기는 어떻게 만들어지는지 배우긴 배웠지만, 나는 절대 그렇게 안 태어났을 거라는 이상한 믿음이 있었다. 우리 엄마 아빠 평소 모습을 보면 둘이 그런 짓(!)을 할 리가 없었다. 그런데 밤 되니까 저렇게 격렬하게 씨름을 해?

나는 큰 소리로 웃을 뻔했다. 동생이 내 입을 막아서 다행이었지만. 이건 어떤 야한 영화를 보는 것보다 더 재밌었다. 우리랑 눈만 마주치면 "공부해!"가 나오는 엄마의 입에서 그런 교성이 나올 줄이야.

"누나, 우리 들키면 죽음이야."

한참을 안방 문 앞에서 음소거 상태로 낄낄대며 서 있었다. 아, 우리 엄마 아빠 어떻게 하면 좋담. 그날로 동생이랑 나랑 엄마의 별명을 지었다. 지금도 나랑 동생은 엄마를 부를 때 이렇게 이야기한다.

작은 옹녀.

엄마 키가 153cm 정도밖에 안 돼서 붙인 별명이다. 작은 옹녀 어디 계셔? 시장 가셨어. 작은 옹녀 성당 가신 거야? 물론 이 사실을 우리 엄마는 아직까지 모른다.

그 뒤로 세월이 30년 가까이 흘렀다. 어느새 칠순 할머니, 할아버지가 되신 엄마 아빠는 우여곡절 끝에 아직도 같은 침대에서 주무신다. 지나온 세월만큼 나이를 먹어버린 부모님의 씨름 소리를 들으며 동생과 낄낄대던 소녀는 어느덧 40대 중년이 되어 아무렇 것 없이 혼자 잠자기 시작한 지 꽤 되었다. 야한 속옷이나 슬립을 입었던 기억도 오래다. 헐렁한 추리닝을 입고, 다리 쭉 뻗고 혼자 잘 잔다. 예전에는 어떻게 애인이나 남편이랑 한 침대에서 잤을까. 신기할 따름이다. 옆 사람이 뒤척이면 내 단잠을 깨울 테고, 중간에 화장실 가는 소리, 코 고는 소리는……. 생각만 해도 어휴 시끄러워라. 심지어 팔베개라니! 게다가 옆 사람 숨소리는 어떻고. 나도 모르게 그 사람의 들숨과 날숨에 박자 맞춰 숨 쉬느라 숨이 가쁠 때도 있었다.

잘 때 누군가의 온기를 느끼는 것도 좋지만, 이제는 혼자가 너무 익숙해졌다. 그러고 보니 우리 엄마 젊은 시절, 이불 속에서 손발이 차다고 옆에 꼭 아빠가 누워 있었어야 했던 것이 기억난다. 아빠한테 척 걸치고 주무시던 엄마의 짧은 다리! 신기하다. 그렇게 매일 밤 다리를 겹쳐 자면서도 평생을 으르렁대며 싸우고, 짐 싸서 나갔다 들어왔다 할 수 있었던 것도 신기하다. 부부의 연륜인가. 나는 아직은 그렇게 오랫동안 한 사람과 살아본 적이 없어 잘 모르겠다.

아기들이 어려서는 엄마 아빠 곁에 누워 자다가, 크면 각자 독립하여 혼자 자게 되는 것과 마찬가지로 어른들도 그렇다. 젊은 시절에는 늘 누군가와 함께 자다가 나이가 들면서 대체로 혼자 자게 된다. 주변의 중년 부부들을 보면 방을 따로 쓰면서 편하게 혼자 자는 이들 참 많다. 천운에 힘입어 배우자 혹은 오래된 연인과 백년해로를 한다 해도 어차피 누구 한 명은 먼저 떠날 테니까. 그러면 잠자리에 혼자 남게 되겠지. 쓸쓸한 결론이지만 인생은 어차피 혼자 자는 법, 혼자 걷는 법을 익혀야 할 테다.

지금 보니 아무리 혼자 잔다지만 추리닝 바지 무릎이 나와도 너무 나왔다. 목 늘어난 티셔츠는 말해 무엇. 검박이 지나치면 경박이 되고, 청순이 지나치면 청승이 된다. 밤에 잘 때 입는 옷, 집에서 편하게 입을 수 있는 옷이라도 몇 벌 갖춰 사야겠다.

제 2장.

혐오스런 황서미의 일생

놓쳐버린 아들의 소년기

대개 어려운 주제의 이야기는 커피 한 잔 앞에 놓고 앉아 있으면 시작된다. 아빠가 어려운 이야기를 꺼내셨다.

"아이를 부산으로 보내면 어떻겠냐?"

속에서 당장 드는 생각은 '어떻게 아이를 엄마한테서 떼어내요?' 이거였지만, 악마 녀석이 삐죽 머리를 내민다.

'애만 시댁에 보내 놓잖아, 그럼 넌 좀 쉴 수 있어. 일하고 나면 얼마나 힘드냐. 저녁 때 친구들이랑 한잔하고 싶지도 않아? 무엇보다 네가 쉬고 싶을 때 쉴 수 있잖아.'

홀로 아이를 키우는 일이 결코 쉬운 일은 아니다. 아무리 그래도 아이의 목소리를 어떻게 매일 못 듣고 살 수 있을지. 그것이 가시밭길이었다. 무엇보다도 '애를 낳아놓고 책임을 지지 않고 버리는 엄마'라는 비난이 너무나 무서웠다. 이 비난에서 나는 아직도 자유롭지 않다.

하지만 아이는 엄마인 나를 포함한 어른들이 맘대로 결정을 내린 후, 몇 번 만나본 적도 없는 부산의 친할머니댁으로 보내졌다. 자기의 거처를 정하는 데에 아무런 의견도 내놓지 못하는 고작 다섯 살 꼬맹이. 어른들은 이렇게 하루하루 삶이 힘들면 제대로 된 판단을 내리기 어렵다. 내 인생도 어른들이 맘대로 결정해서 힘들었던 것 같은데……. 알면서도 어리석은 일을 기어코 되풀이하고야 말았다.

그 대가로 매일 밤 꿈에 아들이 나왔다. 아이를 만나면 그 부슬부슬한 머리카락의 감촉, 토실토실한 볼의 느낌이 손에 생생하게 느껴졌다. 꿈속에서 그 아이를 막 끌어안고 볼을 비비면서 우리 다시는 헤어지지 말자며 엉엉 울었다. 깨어나 보면 옆에는 빈자리다. 그리고 또 엎드려서 울고.

하루는 아침에 출근하는데 전화가 왔다. 번호를 보니 시댁이었다. 나는 무서워 전화를 받을까 말까, 한참을 망설이다가 받았다.

"엄마, 엄마……. 데리러 온다며. 언제 오는데, 와 안 오는데……."

부산에 간 지 겨우 한 달, 풀이 잔뜩 죽은 다섯 살 아이의 말투에 벌써 사투리가 배었다.

"엄마가 갈 거야. 금방 갈게."

계속 거짓말만 하다 끊었다. 이 거짓말이 15년 넘게 계속되고 있다. 다시 봄. 살 사람은 이렇게 잘 살고 있다. 자식 보내놓고도 이렇게 해맑게 처웃으며 술도 잘 마시고 돌아다니며 살고 있다. 지금도 한결같은 마음이다. 어디에선가 오늘을 사는 아들의 삶이 너무나 행복한 나머지, '엄마' 따위는 생각도 안 났으면 좋겠다.

* * *

그리고 다시 겨울. 작년 겨울에 이미 스무 살이 넘어버린 아들을 만났다. 키가 185센티미터는 족히 넘는 것 같았다. 소고기 집에서 만났는데 아이가 고기를 굽는 품새가, 집게에 가위 쥐는 손이 어색하지 않았다. 아니나 다를까 아이는 자라면서 고깃집 알바에 불판 닦는 알바, 음식점 홀 서빙 알바 등 무척 많은 알바를 했다고 한다. 소고기를 계속 주문해서 더 먹이고 싶었다.

아이가 자라온 이야기를 듣다 보니 '어디에선가 오늘을 사는 아들의 삶이 너무 행복한 나머지……'는 개뿔. 내 철딱서니 없는 환상이었다는 것은 금방 들통이 났다. 아들은 "고기 제가 구울게요"라면서 가위를 놓지 않고 부지런히 손을 놀려 고기를 잘랐다. 엄마가 구워서 잘라주고 싶은데, 아들이 고기를 더 잘 잘랐다. 그러면서 찬찬히 이런저런 일이 있었다고 이야기했다. 그 엄청난 얘기를 들으면서도 앞에서 울지 않고 있는 내가 원망스러웠다. 보통 아이들 같으면 큰 상처에 트라우마라도 생길 힘든 시간을 겪고 자랐는데, 아이는 너무 덤덤했다. 나중에 아이를 보면 그 앞에서 주책맞게 울지 않겠다고 십 년 넘도록 결심해서인지, 나 또한 지나치게 무심할 정도로 덤덤하게 그 이야기를 듣고 있었다. 미안했다. 아이를 그런 상황에 밀어 넣어 너무너무 미안했다. 그런데 정말 미안하면 울음이 나와야 하는데, 지금 내 머릿속의 회로가 어디에서 고장이 났는지 모르겠다.

예전에 알고 지내던 친구의 이야기가 생각난다. 그의 엄마가 어려서 아빠랑 이혼해서 떠나갔었단다. 열 살 때 헤어졌다고 했나. 아버지는 재혼해서 새엄마랑 함께 살았는데, 그 어르신께서 돌아가신 후 친엄마를 만나러 간 것으로 기억한다. 어른이 되어 친엄마를 만났을 때 느낌이 어땠냐고 물었다. 나중에 우리 아들은 엄마라는 사람을 어떻게 생각할지, 그리고 그에 어떻게 대처해야 할지에 대한 기준점이 될 수도 있겠다고 생각했다.

"내가 왜 이렇게 못생겼는지 엄마 얼굴 보고 알았어."

아이는 어릴 때의 엄마 모습이 하나도 기억이 나지 않는다고 했다. 외할머니, 외할아버지가 계셨다는 것은 알지만 전혀 기억이 나지 않아 그냥 모르는 어른들 만나는 것 같다고 한다. 다섯 살 꼬마가 갑자기 너무 어른이 되어 돌아왔다. 나도 이 청년이 누군가 싶다. 우리는 시간이 더 필요한 것 같다. 잘 왔다.

침묵은 가장 끔찍한 아우성이라는 것을

결혼 생활은 전혀 다른 사람의 유전자와 문화를 맞추는 지난한 과정이다. 설령 동거를 오래 했더라도 결혼이라는 제도의 그물이 씌워지면 전에는 알지 못했던 또 다른 부담이 생겨버린다. 거의 골수 이식에 맞먹는 힘든 과정을 거치는데, 둘 중 누구 하나는 꼭 참거나 희생하는, 기울어진 운동장에서 첨예하게 겨루는 꼴이 되고야 만다.

초여름 더위가 대단했던 날이었다. 입덧도 좀 잠잠해지려나 하고 기다렸지만 쉽사리 끝나지 않았다. 아랫배도 이제는 볼록하게 나오기 시작했다. 입덧에는 역시 수박. 그날도 수박 한 통 사서 오는 길이었다. 남편이 좀 늦게 퇴근했다. 나는 일과 후 남편과 수박 잘라 나눠 먹으며 텔레비전 보는 시간이 제일 행복했다.

"오빠, 샤워하고 나와. 수박 잘라놓을게."

뽀송뽀송한 수건까지 딱 대령해서 앞에 놓고 부엌에서 수박을 자르려는데 남편의 휴대폰이 울렸다.

"여보세요."

뚝.

이상하다. 누군가가 한 박자, 내 목소리를 듣더니 전화를 끊었다.

설마 내 남편이 임신한 아내를 놔두고 그럴 리가 없다는 생각과, 임신한 아내를 놔두고 다른 여자를 미친 듯이 찾아다니는 개새끼들의 가십들이 머릿속에 뒤섞였다. 바로 휴대폰을 뒤지기 시작했다. 남편도 남인지라 남의 전화기를 뒤지는 것은 좀 미안했지만 일단 가정의 평화를 위해서는, 아니 큰 사달이 나기 전 철저한 방역과 예방을 위해서는 뒤져야 했다.

[영주야, 넌 화장 지웠을 때가 제일 예뻐]

내장이 밑으로 뚝 떨어지는 느낌이 들었다. 날짜를 보니 요즘 메시지는 아니었다. 불과 석 달 전 메시지. 한창 결혼 준비를 하던 때였다. 영주는 다름 아닌 나를 남편에게 소개해준 언니의 이름이었다. 영주 언니는 나와 같은 사무실에서 일했다. 언니는 어디 나갈 때 꼭 화장을 했다. 결코 남에게 민낯을 보이지 않는 사람이었다. 회사 직원 전체가 1박 2일로 MT 갔을 때, 다들 술 마시고 취한 와중에도 꿋꿋하게 남아 있던 언니의 마스카라와 보라색 눈 화장까지 또렷이 기억한다. 그런데 왜 내 남편이 아무도 못 본 그녀의 '화장 지운 얼굴'을 본 것일까. 그리고 왜 예쁘다는 찬사를 보냈을까. 얼마나 떨리던지 심장이 밖으로 튀어나올 것만 같았다.

덜덜 떨며 언니에게 전화했다. 받지 않는다. 결혼 이후 언니와 통화할 일이 없었지만, 막상 전화를 받지 않으니 불길한 느낌이 들었다. 욕실에서 나온 남편은 이런 내 모습을 보고 "왜 그래?" 하며 한번 묻더니, 체념한 듯 가만히 서 있었다. 차라리 지금 너 오해하고 있는 거라고 방방 뛰며 화를 내고 뒤집어서 다 엎어주었으면 좋으련만……. 왜 내 평온했던 일상을 이 사람이 무참하게 박살을 내는지 억울했다. 시간을 다시 돌려놓을 수도 없고. 이 남자가 있었기 때문에 행복을 찾을 수 있었는데, 그 손에 또 깨져버렸다. 남의 손으로 쥐락펴락할 행복이라면 이따위 행복은 찾지 않는 편이 낫겠다는 생각은 이 일이 벌어진 후, 아주 한참 뒤에나 할 수 있었다.

그제야 퍼즐이 맞춰지기 시작했다. 왜 또 다른 언니가 내 청첩장을 받고 그렇게 소리 내어 울었는지. 그리고 이 영주라는 여자는 우리 둘을 소개한 사람인지라 당연히 결혼식에 와야 하는데 갑자기 못 간다며 축의금만 보내고 말았는지. 기가 막힌 것은 이 뒷얘기를 나만 빼고 우리 사무실 사람들은 다 알고 있었다는 것이다. 어떻게 나는 그것을 전혀 눈치 채지 못했을까. 침묵은 누군가를 가장 끔찍한 아우성으로 가둔다.

이런 아우성 속에서 아이를 낳고, 이 사람과 몇 개월은 더 버텨 살았다.

나를 절대로 때리지 말라

"네가 맞을 만하니까 맞는 거야."

살다 살다 가정 폭력계의 명언으로 등극할 헛소리를 들었다. 맞을 만한 짓의 기준은 누가 정하는 것일까? 나는 온 세상이 자기 기준에 의해 돌아가는 이 남자의 사고방식에 맞출 생각이 없었다. 게다가 남자로선 작은 키, 나는 여자로선 큰 키. 둘이 키가 비슷하니 남편이 화가 나서 주먹을 내뻗으면 바로 내 눈을 강타했다. 각막에, 망막까지 골고루 돌아가며 여러 번 찢어졌다. 눈을 다치면 굉장히 아프다. 정말 데굴데굴 구를 만큼 아프다. 이렇게 눈을 가리고 나뒹구는 아내를 보면서도 미안하다는 말 한마디 없었다. 그렇다. 이 남자의 머릿속에 나란 존재는 '맞을 만한 사람'이었으니, 이렇게 아파서 나뒹구는 것 또한 받아 마땅한 처벌이었던 것이다.

그렇게 세월이 흐르면서 맷집까지 생긴 바람에 남편이 때리기 시작하면 '자, 빨리 때리고 끝내'라고 하듯 등을 대주는 지경까지 이르렀다. 내가 왜 그런 결심을 했는지는 모르겠지만 큰애가 열 살, 작은아이가 여덟 살 될 때까지는 죽어도 버티자고 이를 악물었다. 그때까지 맞든지 말든지 꼭 돈 모아서 애들 데리고 나오고 싶었다.

그날도 맞다가 정신까지 잃었다. 정신이 든 것 같은데 주변이 까맣더니 하나도 안 보여 정말 죽은 줄 알았다. 천국이든 연옥이든 가보자 하고 힘겹게 손을 뻗으니 뭔가 차가운 것이 손에 닿았다. 감각이 살아 있어서 얼마나 다행이던지. 멈칫하고 잘 생각해보니 그 차가운 것은 세면대였다. 욕실 문고리를 겨우 잡고는 나와서 한 발 내딛는 순간, 번쩍! 오른쪽 눈에 강한 섬광이 비쳤다. 악 소리가 날 정도의 강한 빛이었다.

다음 날 아침.

눈을 계속 깜빡거려도 남은 빛의 잔상이 없어지지 않았다. 주변을 둘러보면 보일 것은 다 보이는데, 이놈의 잔상이 계속 남아 거북살스러웠다. 특히 눈이 너무 부셔서 하늘을 보기조차 어려웠다. 남편은 그런 나를 본척만척하고 애들만 데리고 시댁으로 가버렸다. 양심이 있었는지, 나까지 끌고 가지 않은 게 그나마 고마웠다. 아니, 나를 데리고 가면 내 얼굴에 시퍼런 멍 자국 때문에 어머님께 간밤에 무슨 일이 있었던 거냐며 핀잔을 들을 것이 뻔해 그랬을 것이다. 며느리 몸 이곳저곳에 멍이 들어도 그저 '한 소리'로 끝날 집이다. 귀한 아들, 든든한 오빠를 폭력 남편으로 만든 내가 잘못일 테니까.

하필이면 주말이었던지라 응급실로 가는 수밖에 없었다. 불편한 오른쪽 눈 때문에 응급실 침대에 걸터앉아서도 계속 고개를 돌려 주변을 둘러봤다. 눈동자를 사방으로 굴려봐도 눈 상태는 제자리로 돌아오지 않았다. 응급실은 끝없는 기다림의 공간이었다. 한참을 기다리다 드디어 내 차례가 되었다.

"맞으셨어요?"

"네."

"티셔츠 올려서 등 좀 보여주세요."

의사는 이런 사람들쯤이야 많이 봐서 사정 다 안다는 듯 능수능란하게 몸의 멍든 부위를 체크해서 기록지에 남겼다. 나로서는 내심 다행이었다. 맞은 몸을 보고 놀라거나 동정하면 어떻게 하나 걱정했는데, 이런 능숙한 무심함이 고마울 정도였다.

"저 눈도 이상해요. 맞아서 이런 건지 아니면 우연히 오늘 잘못된 건지 모르겠는데요."

"안과 연결해드릴게요."

내 오른쪽 눈은 그날 이후 평생 맑은 하늘을 보지 못하게 되었다. 갈비뼈는 두 대가 부러졌는데 깁스도 못 하고, 손 쓸 방도도 없다는 이야기만 듣고 돌아왔다.

어두컴컴한 집에 혼자 앉아 있으려니 별 느낌 없이 움직이던 '내 소유'의 몸이 그날따라 이질적으로 느껴졌다. 생소했다. 내 몸은 내 것이다. 다른 이가 훼손할 수 없다. 다른 사람이 와서 때린다고 해서 얼른 때리고 가라고 등 대주는 일은 내 몸에 대한 예의가 아니다.

결국 오른쪽 눈의 가벼운 장애와 갈비뼈 박살, 그리고 각 대봉투 2개를 꽉 채운 진료 기록지와 진단서만 남기고 두 번째 결혼 생활은 이렇게 막을 내렸다. 햇수로 3년에 걸쳐 간간이 얻어맞았다. 그런데 참 바보 같은 것이, 그렇게 맞고도 나마저도 내가 다른 여자들보다 기가 세서, 아니면 내가 뭔가 잘못해서 맞는 것인 줄 알았다는 것이다.

오랜 시간 계속해서 맞다 보면 처음에는 어떤 방식으로든 반항을 하지만, 나중에는 정말 내가 잘못해서 맞는 것으로 여기는 때가 온다. 이것도 일종의 '가스라이팅'이다. 네가 맞을 만하니까 내가 지금 최선을 다해 때려주고 있다는 가해자의 망상 때문이다. 이에 휘말리는 것이 가장 위험하다. 비단 남편에게 맞는 아내만의 이야기가 아니다. 지속해서 아내에게 맞는 남편, 부모에게 가혹하게 맞고 자라는 아이들에게도 꼭 해주고 싶은 이야기다.

또 하나, 내가 배우자에게 이렇게 처맞으며 아이들의 바람막이가 되어주고 있다고 생각하며 스스로 이를 고귀한 희생을 하고 있다고 여긴다면 이는 헤어 나올 수 없는 최악의 상황이다. 누가 옆에서 도와줄 수도 없는 지경이다. 그 생각은 완벽하게 틀렸다. 폭력은 결코 옳은 방법이 아니다. 당하는 이들에게도 가하는 이들에게도. 살면서 결코 겪어서는 안 될 일이다. 아빠한테 맞는 엄마, 엄마한테 맞는 아빠를 바라보는 애들은 누구한테도 마음을 제대로 털어놓지 못한다. 마음의 상처도 이만저만이 아니다. 또한 어린 마음에 내 눈앞에서 맞는 엄마를, 혹은 아빠를 막아주지 못했다는 죄책감도 상당하다. 그 폭행 장면을 보는 아이들이 크면 두 부류로 자란다. 하나는 우리 엄마 아빠와 같은 삶은 절대 살지 않으리라 이 악물고 결심하고는 누군가를 때리는 일은 절대 삼가는 경우이고, 또 하나는 그렇게 지긋지긋하고 싫다 하면서도 보고 자란 것이 때리는 것뿐이라 폭력이 대물림되는 경우다.

모두가 알고 있는 명백한 결론은 단 하나다. 어떠한 경우라도 맞으면 안 된다. 맞을 만한 사람은 세상에 아무도 없다. 때려서는 더 안 된다. 다 알고 있다. 새로운 사실이 아니다. 사람을 왜 때리나. 왜.

여자, 의문의 1패

세 번째 남편은 여자들에게 관심이 많았다. 나는 확신한다. 여자들이 이 사람에게 먼저 다가와 지분댔다기보다는 분명히 이 사람이 먼저 빼꾸기를 날렸을 것이라고.

남편이 바람나면 일단 자기 남편은 가만히 놔두고 먼저 불륜녀에게 쫓아가 머리끄덩이부터 낚아채는 이 나라의 이상한 문화는 없어졌으면 좋겠다. 외간 여자가 먼저 내 남편에게 꼬리를 쳤기 때문에 순진한 남편은 구미호에게 걸려든 것이라고 믿는 것이 이 배신의 상황에서 그나마 숨통이라도 트일 수 있겠지. 이해는 간다. 하지만 남편은 옆에 버젓이 살려두면서 여자를 죽이려 드는 모습은 좀 안타깝다. 세상에는 정답이 없지만 내가 보아온 불륜과 발각의 현장은 모두 '같은 여자끼리 머리 쥐어뜯기'의 아수라장이었다.

난 일말의 의심 없이 남편이 먼저 여자들에게 덤볐으리라는 것으로 아예 결론을 내고 접근했다. 이 남자 어디가 좋다고 달려들겠나 싶어서 말이다. 그래도 가족의 일원으로서 관리하는 시늉은 해야 하나 싶어 남편의 휴대폰에 걸려온 괴상한 여자들의 번호는 '여자 1', '여자 2'로 번호를 매겨 저장해

두었다. 그중 '여자 8'의 이야기다.

아이는 태어나자마자 많이 아파서 병원에 입원을 밥 먹듯이 했다. 돌이 되기 전 네 번이나 폐렴으로 입원을 했으니까. 그날도 설 명절이었는데 병원에 있었다. 명절이 되면 웬만한 환자들도 모두 집에 가서 명절 쇠시라고 퇴원시키고, 의료진들도 교대로 차례를 지내러 간다. 안 그래도 심란한데, 병원이 텅 비어서 조금 더 보태어 쓸쓸해진다. 고맙게도 병원에서 아침에 떡을 나눠주었다. 그 떡을 조금씩 뜯어먹고 있자니 그래도 명절인데 병원에서 아기 간호하며 홀로 지내는 내 모양새가 서럽던 차였다. 마침 그때 별거 중이던 남편이 아이를 보러 병원에 잠깐 들렀다. 꼴 보기는 싫지만 적적한 터라 잘됐다 싶었다. 그러나 반가움도 잠시.

[어디야?]

너무나 익숙하고 친근한 메시지가 남편의 휴대폰에 찍혔다. 어디야. 둘이 참 익숙한 사이인가 보네. 얼마나 부지런한지, '여자 9' 까지 여러 여자를 만나고 다니면서도, 사건 발생 후 즉시 적발될 정도로 뒤처리에 어리숙했던 그. 그는 병원 침대 위 베개에 휴대폰을 놓고 화장실에 갔다가 들킨 것이다. 지금이야 대부분 화장실 갈 때 휴대폰을 가지고 가서 볼일을 보지만, 그때는 폴더폰 시대라 그저 휴대폰은 전화 걸고 메시지나 주고받는 용이었다. 그래서 화장실에는 보통 휴대폰 대신 신문을 가지고 들어갔다. 그렇지만 남편은 좀 더 용의주도했어야 했다. 게다가 화장실 한번 들어가면 여유만만하게 신문 한 부를 통으로 정독하고 나오는 인간이었으니. 메시지를 보자마자 주위를 한번 둘러본 후 내가 전화를 했다.

"여보세요, 혹시 누구세요?"

"……."

"저 이 사람 와이프인데요."

"알았어요. 안 만나면 되잖아요."

"아니, 내 말은 그게 아니라 누구시냐고……."

"안 만나요. 나 안 그래도 좀 귀찮았어요. 알았어요, 끊을게요."

여자끼리 통하는 느낌이 있다. 지금 이 여자, 남편이 되게 귀찮은 것이다. 말투를 딱 들으면 안다.

"네. 그럼 안녕히 계셔……."

뚝!

기분이 묘했다. 차라리 남편을 사랑한다고 이야기하지. 나의 알 수 없는 1패였다. 거기에다 대고 나는 왜 주책없이 안녕히 계시라고 인사까지 한 거냐. 셋 중 나만 안녕하면 되는데. 더 심한 열패감에 휩싸였다.

손의 물기를 탁탁 털며 돌아온 남편은 술 마시다 잠깐 합석한 여자고 잘 모르는 사람이다 어쩐다 횡설수설했다. 늘 이런 식이었다. 술을 마시려면 곱게 마실 것이지, 왜 꼭 옆자리 여자에게 추파를 던지는지 모르겠다. 이런 남편이 너무 창피했다. 내 인생도 도매금으로 같이 저렴하게 넘어가는 것 같아 처량 맞아 보이고. 여하튼 그때는 매일 슬펐다. 어떻게든 나는 이 남자와 다른 부류의, 조금은 수준이 높은 레벨에서 그나마 교양을 갖추며 성실히 살고 있는 사람이라는 것을, 무슨 수를 써서라도 온몸으로 선을 그어서 구분하고 싶었다.

남편의 바람은 이렇게 나를 묘하게 만들어놓고 또 다른 구역으로 사라졌다.

완벽한 타인

Prologue. 눈밭의 도시 풍경. 흰 눈 잔뜩 내린 도시. 지나가는 사람들은 무표정하며 바쁜 걸음으로 갈 길을 가고 있다.

크리스마스트리, 전구들이 반짝반짝 빛난다. 소복이 쌓인 눈에 불빛이 번져 따뜻해 보이는.

그때 울려 퍼지는 크리스마스 캐럴.

(E)[1] 산타 할아버지는 알고 계신대. 누가 착한 앤지, 나쁜 앤지. 오늘 밤에 다녀가신대.

그 무리 속에서 함께 걷던 두꺼운 외투를 입고, 목도리를 칭칭 감은 여자, 지나가다가 잠시 멈춰 서더니 주머니에서 휴대폰을 꺼내 받는다.

여자 어디라고? 어. 그래서… (화들짝 놀라며) 뭐? 못 온다고? (거의 울기 직전, 울상을 지으며) 정신 나갔어? 안 돼, 어. 안 돼애

---

1 시나리오 표기법으로 화면이 나오면서 소리만 나올 때 쓰이는 용어. Effect의 준말.

애애~

1. 가정법원. 로비/대기실. 낮.

가정법원 로비에서 2층까지 두리번거리면서도 급하게 걸어 올라가는 여자. 대기실에는 창밖만 바라보는 남편과 그 옆에 심통이 난 듯 앉아 있는 여자, 뭔가 계속 전화로 통화하는 남편, 그런 남편을 불안한 듯 바라보는 젊은 아내, 전혀 이혼할 것처럼 보이지 않는 다정하게 팔짱을 끼고 앉아 있는 부부, 끝까지 계속 잔소리를 늘어놓는 50대 아내와 그걸 초월한 남편의 군상이 가득하다.

그 시선 끝에 양복을 말끔하게 차려입은, 덩치가 작은 남자의 모습이 보인다. 희멀건 미남형 얼굴에 고집스럽게 굳은 표정으로 다른 사람들 틈에 끼어 앉아 핸드폰을 보고 있다.

여자 (저벅저벅 다가가서 남자를 내려다보며) 이럴 걸, 왜 안 온다고 그랬어?

남자 (여전히 핸드폰을 들여다보며) 그냥. 당신 속 타라고.

여자 (한숨) 접수부터 하자. 어디로 가야 해?

남자 아주 못할까 봐 환장을 했구먼.

여자 됐고. 어디로 가야 해?

2. 가정법원. 접수처. 낮.

여자가 줄을 서서 기다리고 있다가 안내를 받는다. 남자는 저 멀리에 핸드폰에 코를 박고 앉아 있다. 차례가 오자 여자가 더 고개를 숙여 접수처 직원의 안내를 받는다.

안내 (건조한 어투로) 자녀분이 초등학생 이하면 먼저 상담 받으셔야 해요.

여자 (긴장한 목소리로) 네, 네?

안내 자녀분 있으시죠.

여자 네네네, 둘이요.

안내 몇 살, 몇 살이에요?

여자 여섯 살, 네 살이요.

안내 그럼 상담하셔야 해요. 상담 접수해드렸어요. 좀 기다렸다가 번호 부르면 저쪽에서 받으세요.

여자 무슨 상담을 받아요? 아~ 양육권 때문에요? 상담을 꼭 받아야 하는구나.
(창구에서 나오면서 혼잣말로 갸우뚱) 뭐가 많이 바뀌었네.

3. 가정법원. 대기실. 낮.

북적이는 대기실 한가운데 껴 앉아 여전히 자리를 지키고 앉아 있는 남자와 그 옆에 서 있는 여자. 긴장감이 도는 가운데 차례를 기다리고 있다.

남자 (머리를 긁적거리며) 아~ 이거 해야 하나. 상담을 꼭 해야 한대?

여자 애들이 어려서 해야 한대.

남자 당신 전에 해봤잖아. 이혼 이런 거 다 해봐놓고 이거 왜 나한테 얘기 안 했어?

여자 이그~ 그땐 이런 거 없었어.

남자 아~ 씨~ 딴 사람들하고 얘기하고 이러는 거 싫은데, 그냥 같이 동의한다고 도장 찍고 끝내면 안 돼?

여자 (남자를 힐끔 보면서) 도장은 벌써 다 찍었잖아? 내는 게 문제지.

남자 아 씨, 골치 아파.

바로 앞에 있는 부부가 팔짱을 끼고 서로 낄낄대며 웃고 있다. 남자와 여자의 긴장감과는 정반대의 장난스러움. 인상을 쓰다가 기가 막힌 듯이 슬쩍 그들을 바라보는 남자.

남자 (목소리를 낮추고, 여자를 올려다보며) 얼레? 재넨 여기 왜 왔대?

INS.[2] 앞의 여자가 나중에는 웃다가 남편의 팔을 장난스레 어머 어머 하면서 친다.

여자 (앞에 앉은 여자의 모습을 물끄러미 바라보며) 위장인가? 요즘 그런 사람 많대.

남자 돈 많은 사람들 얘기지.

INS. 여자는 징 박힌 신발에 가죽 바지에 점퍼, 나이 든 인상에 허리까지 긴 머리카락 위로 방울 달린 털모자를 썼다. 아무렬 것 없는 카키색 모직 점퍼를 입고, 코듀로이 바지를 입은 덩치 큰 남자는 마냥 사람 좋게 생겼다. 둘 다 세련과는 거리가 먼 입성이다.

여자 (앞을 힐끔 보더니) 잘 모르는 소리 하지도 마.

남자는 다시 굉장히 불안한 몸짓으로 기다리다가 여자를 툭툭 치더니 일어난다.

2 장면과 장면 사이, 이야기가 진행이 되는 동안에 잠시 들어가는 화면. insert의 준말.

남자 당신, 여기 자리 좀 지키고 있어 봐. 나 정수기서 물 좀 뽑아오게.

기가 막힌 듯 남자를 쳐다보는 여자. 자판기 앞으로 총총 다가가는 남자의 뒷모습.

4. 가정법원. 대기실/상담실. 낮.

핸드폰만 주구장창 보고 있다가 호명되자 벌떡 일어나서 저벅저벅 앞서 걸어가는 남자. 긴장이 되는지 기침을 하면서 사지를 다 털고, 넥타이도 다시 고쳐 맨다. 그 뒤를 차분히 따라가는 여자. 그제야 목도리를 푼다. 상담실 문을 먼저 연 남자가 화들짝 놀란다.

5. 가정법원. 상담실. 낮. 몽타주.

1) 동그란 테이블에 칸막이도 없이 와글와글 상담을 받고 있는 10여 쌍의 부부.

2) 상담사를 가운데에 놓고 소리 높여 서류를 집어 던지며 싸우는 부부. 여자는 흐느껴 운다.

3) 남자가 무슨 잘못을 저질렀는지 기죽어 앉아 있고, 여자

는 씩씩대고 있는 또 다른 부부.

4) 그냥 차분히 고개를 끄덕이며 상담사의 말에 귀를 기울이는 부부.

대기실보다 더 역동적인 각양각색의 이혼 남녀들의 풍경 빠른 스케치. 슬로모션에 음소거 처리한 고요한 아비규환의 현장으로 바뀐다.

6. 가정법원. 상담실. 낮.

저 멀리 무릎 담요를 어깨에 두른 짧은 머리의 단정한 상담사가 서류의 이름을 대조하면서 일어선다. 남자와 여자를 맞이하는 듯하다.

상담사 (기침을 콜록콜록 해대며 매우 쉰 목소리로) 여기까지 오시느라 수고… 콜록 콜록! 많으셨어요.
(손을 내밀며) 여기 자리에 앉으시고요. 콜록콜록! 죄송해요, 제가 감기가 너무 심해서 콜록콜록!

여자 괜찮으세요?

상담사 아… 네. 그래도 해야죠. (테이블 위의 큰 텀블러를 주욱 들이켜며) 그럼 두 분 다 협의는 마치신 거고요. 두 분 혹시 제가 사유를 좀 여쭤봐도 될까요.

남자 (대뜸) 아아~ 이 여자 술 마시는 것 때문에 내가 정말.

여자 직장 다니면서 회식하면 안 되나요? 그럼 날 집에 앉혀놓던지. 그럴 능력도 안 되는 주제에…. 9시만 넘었다 하면 전화질에, 직장 동료 앞에서 사람 창피하게 소리 지르고. 행패가 말도 못 해요, 진짜.

상담사 (격하게 콜록콜록! 지금 앞에 남녀 얘기는 들리지도 않는 듯)

남자 적당해야지, 이 사람아. 적당히 마셔야지.

여자 (점점 격앙되는) 솔직히 이야기해, 여기서. 지금 내가 술 마셔서 이혼하는 거야? 맞아?

상담사 (내 일 아니라는 듯, 사무적으로) 아. 여기서 너무 격해지시면 안 되고요. 그럼 부인

되시는 분, 술 이외에 또 다른 이유가 있으신가요.

여자 술만 마시고 들어오면, 막….

7. 집. 마루. 아침. 회상.

시계는 오전 6시 50분을 가리키고. 정장 차림에 머리는 아직 젖어 있는 여자. 출근 준비를 대충 마치고, 호들갑을 떨며 침대에서 자는 아이들을 일으켜 세우며 급하게 깨운다.

남자도 출근 준비를 하면서 애들을 안아 일으키는데…. 여자 옆에 가자마자 얼굴을 찡그리고 손을 휘저으며 '아~ 술 냄새~' 하고 내뱉는다.

남자(E) 애를 안 키워요, 여자가. 애한테 사랑한다고 뽀뽀만 하고, 배달로 밥 시켜서 먹이기만 하면 그게 끝입니까?

여자(E) 같이 일해봐서 알잖아. 아침 7시에 나가서 밤에 들어오는데, 언제 애들 밥을 해 먹여. 잘 알면서 왜 그래.

거실 식탁 위에 놓여 있는 스티로폼 박스를 열어보는 남

자. 간밤에 배달시킨 수육이 허옇게 굳어 있다. 아주 신경질적인 얼굴로 고개를 절레절레 흔들며 다시 덮는다.

남자(E) (비아냥거리며) 그럼, 왜 오밤중에 들어왔을까? 여자가 먼저 들어와서 저녁도 좀 차려놓고 그래야 되는 것 아냐. 네가 해준 밥 내가 몇 번이나 먹어봤냐, 내가.

8. 가정법원. 상담실. 낮.

상담실 테이블로 앞에 여전히 계속 앉아 있는 두 사람. 남자는 버릇인 양 한쪽 다리를 달달달 떨기 시작한다.

여자 그럼 그동안 내가 한 밥은 밥이 아냐? 싸이에 올린 사진들 다 보여줘?

상담사 (콜록콜록) 아니… 여기서 싸우시는데, 지금 그런 시간 아니에요.

여자 정말 너무 얄미워요. 어휴.

남자 (혼잣말로) 아 진짜 술은… 그건 절대 양보 못 하지.

여자 한 달에 한 번 회식도 못 하냐, 어? 왜 회식만 하면 나 죽어라….

상담사 자, 잠깐만요. 그럼 콜록콜록… 아이들 문제는 양육권은 어떻게… 콜록콜록. 아, 기침 오늘따라 너무 심하네.

남자 아들은 지금 벌써 우리 집, 본가로 들어왔구요, 딸은 일단 저쪽에서 키우는 걸로 해서….

상담사 콜록콜록콜록!!! (기침하느라 정신없는 와중) 아이들은 다 엄마가 키우시고…

여자 아니요. 아들은 친가에 갔구요, 딸만 제가 데리고 있어요.

상담사 (서류에 적으면서) 아, 각각 한 명씩. 그럼 재산 관계는 어떻게 분할하십니까.

남자 분할할 재산이 어딨습니까. 저 사람 지금 살고 있는 집 공동명의인데, 저거 갈라야죠.

여자 (한숨 쉬고, 상담사 바라보며) 집 하나밖에 없어요. 대출도 다 제 명의로 한 건데….

남자 거기 전세 예전에 얹은 거 있잖아.

상담사 (연달아 기침을 하면서) 콜록콜록… 아니 그래도 아이를 낳아주신 애들 엄마인데, 그래도 집은 너무… 콜록콜록… 집까지 그런 건… 콜록콜록…

여자 (답답하다는 듯 상담사을 쳐다보는)

남자 그래도 저 안에 제 돈, 그러니까 우리 집 돈이 있는 거잖아요.

상담사 우리 집… 이란 게 어디 집을 말씀하시는 거죠?

남자 저희 부모님하고 또 제 동생도 결혼했을 때 적금을 깨서 저를 줬거든요. 그건 제가 오빠로서 되돌려줘야죠.

상담사 아니, 그럼 부인이랑 따님은요?

여자 (한숨) 선생님, 지금 그 얘기는 안 통해요, 여기에서요.

상담사 (의심스러운 눈초리로) 혹시 부인께서 무슨… 음… 그러니까… 콜록콜록!! (텀블러를 들고 마시며) 그러니까… 혹시 다른 이성 관계나….

남자 (말을 가로막으며) 에에이~ 그건 아니에요. 내가 그건 알아요. 이 사람 남자 관계는 없었어요. 그거 하나는 깨끗해.

내가 알지. 그건 제가 아주 잘 압니다.

순간 상담사와 눈이 마주치는 여자. 한쪽 눈썹을 찡긋거리며 살짝 어깨를 으쓱한다.

상담사 무심하게 아우 죽겠네~ 계속 기침을 하고. 남자는 계속 고집스러운 얼굴로 각 잡고 앉아 있다.

여자(마음의 소리)[3] (코웃음 치며) 지랄하네. 그거 하나는 깨끗하대. 어이가 없어서… 진짜.

상담사 (여자를 바라보며) 이의 없으시구요.

여자 (공손하게) 네.

화면은 점차 높은 곳으로 올라가면서 상담실 테이블에 아무 미동 없이 앉아 있는 남과 여를 보여주고. 상담사만 계속 어깨를 들썩들썩하며 기침을 발작처럼 해대고 있다. 이젠 물을 마셔도 소용이 없는 듯.

F.O.[4]

---

3 배우들의 마음 속 생각을 표현할 때 쓰는 말. 나레이션과는 다르다. 어쩌면 네이버 웹툰 작가 조석이 이 용어를 알고, 제목으로 썼을 것이라는 추측이 강하게 든다.
4 이야기 한 꼭지가 다 끝난 후, 화면이 꺼짐. 장면의 전환일 수도 있고, 엔딩일 수도 있다. fade out의 준말.

제 3장.

시스터 액트

수녀원에 있다가 나오셨다구요?

첫날, 예수님이 남자라서 그나마 버틸 만했습니다

"아주머니, 성가 수녀원 가려면 어디로 가야 해요?"

봄볕이 쨍한 오후였다. 성가 수녀원이란 곳을 찾아가고 있었는데, 가는 길이 잘 생각나지 않았다. 골목길이 여러 개여서 헛갈렸다. 도저히 안 되겠다 싶어 마침 좌판에 조개를 까고 있는 아주머니께 허리를 굽히고 여쭤봤다. 아주머니는 조개 까던 칼을 불쑥 들어 저쪽을 가리켰다.

"저기요."

일반인(?)으로서는 마지막으로 이 길을 걷는 것일지 모른다는 생각에 구불구불한 시장통을 걷는 걸음이 비장하기까지 했다.

"수녀원은 왜 찾아. 이렇게 이쁜 아가씨가 수녀원은 왜 들어가려고 그랴. 아이고~ 왜 그래. 이렇게 이쁜 아가씨가 수녀원 같은 데 뭐 한다고 들어가."

아주머니는 길을 가르쳐주시고는 조개가 한가득 담긴 물바구니에 손을 넣으려다 말고, 땅이 꺼져라 한숨을 푹 쉬며 말씀하셨다.

"이렇게 젊고 이쁜 아가씨는 행복하게 살아야지."

아예 나를 수녀원에 못 가게 하려고 작정하신 것 같았다. 마음이 급한 나머지 나는 어색한 인사를 뒤로하고 발걸음을 옮겼다.

수녀원 첫날.

20년도 더 전이다. 무작정 수녀원에 들어갔다. 너무 어린 데다 학교까지 다니고 있던 터라 수녀원에서는 받아주려 하지 않았는데, 내가 극구 들어가겠다고 의지를 밝히는 바람에 성소 담당 수녀님의 도움으로 들어가게 되었다. 여기에서 성소聖召란 성스러운 부르심, 즉 하느님이 성직자를 쓰시려고 부른다는 뜻으로 말하자면 수녀원 입원을 담당하는 수녀를 가리킨다.

수녀원에 들어간다고 해서 아무나 수녀가 되는 것이 아니다. 지원기-청원기-수련기를 거쳐 정식으로 서원을 받는다. 이 기간은 수녀원마다 다른데 대략 3~4년 정도 된다. 서원을 받은 후 5년이 지나면 종신서원이란 것을 한다. 이는 말 그대로 하느님께 빼도 박도 못 하게 종신, 즉 죽을 때까지 수녀로 살겠다는 약속을 하는 것이다. 그러나 중간에 포기하고 나가는 사람도 있으니 걱정하지 말 것. 세상 일 다 뒤로 한 발 뺄 구석은 분명히 있다. 수녀원마다 다르긴 하지만, 수녀님들의 상징인 머리에 뒤집어쓰는 검은 베일은 보통 수련기부터 받는다. 종신서원을 받고 나서야 십자가 목걸이를 걸 수 있다. 베일 색깔과 목걸이 종류로 수녀님들의 계급(?)을 구분하게 된다.

아는 사람이 단 한 명도 없는 곳에 덜렁 떨어져서 대성당 십자가 앞에 서 있자니 만감이 교차했다. 내가 이곳에서 평생 살 수 있을까. 내가 미쳤지, 무슨 생각으로 수녀원에 들어왔는지. 그제야 번개 맞은 듯했다. 저기 십자가에 매달린 예수님만을 바라보고 살아야 한다니. 예수님이 남자인 것이 그나마 다행이었다. 실제로 예전에는 수녀원에 들어가는 날에 주님과 결혼한다는 의미로 웨딩드레스를 입었다고 한다. 수많은 수녀님의 축복과 기도 속에 나는 방을 배정받아 짐을 풀고, 첫 밤을 보냈다. 지금도 어둠 속에 누워 바라보던 수녀원의 천장이 생각난다. 아마 군대 훈련소에 입소한 첫날에 드는 느낌과 같지 않을까?

여기에서 많은 분이 궁금하셨을 사항. 수녀님들은 밤에 무엇을 입고 잘까?

수녀님들도 잠옷이 따로 있다. 사람이니까 당연히 뭔가를 입고 자는데, 지원기-청원기까지는 입소할 때 가지고 온 개인 잠옷을 입고 자지만 수련기부터는 수녀원에서 만든 흰색

치마 잠옷을 입고 잔다. 지금은 어떤지 모르겠지만 당시에는 수녀복 담당 수녀님들이 계셔서 우리가 보통 알고 있는 검은색(동절기), 회색(하절기) 수녀복과 그 안에 입는 수많은 겹겹이(!) 속바지와 속치마, 잠옷까지 모두 수녀원 내에서 자급했다. 심지어 속바지, 속치마 등은 수녀들이 직접 자기 것을 지어 입는다. 당시에는 옷을 직접 만들어 입는 것도 하나의 수련 과정이라고 생각했다. 아, 나는 열 손가락이 모두 엄지인지라 손재주가 하나도 없어서 고생을 많이 했다. 지금도 바느질이 지긋지긋하다. 실제 수녀원의 일과 중에는 12시에 점심 기도와 함께 식사를 마치면 그때부터 공동방에 모두 모여 앉아 바느질하는 시간이 2시간 있다. 어떻게 그 자리에 앉아 있었는지 상상도 못 하겠다. 속치마 까짓것 안 입고 말지, 무슨 겹겹이 속바지까지 입느냐며 툴툴대며 진땀 흘리던 나날들이었다.

지금도 가끔 속으로 혼자 내기를 하는 버릇이 있는데, 그 기준은 '수녀원 살이'다. 다시 수녀원 들어갈래, 결혼 한 번 더 할래. 글쎄다.

수녀원의 아침은 5시에 시작된다. 수녀원에 우아한 성가가 기상송으로 울려 퍼지면 후다닥 세면장으로 질주한다. 누가 먼저 수도꼭지를 맡느냐가 관건. 운 좋게 먼저 세수를 마친 수녀님들은 얼굴에 로션만 대충 바르고 바로 새벽 미사를 드리러 성당으로 또 질주한다. 우사인 볼트가 따로 없다. 늦으면 선생 수녀님과 할머니 수녀님들에게 혼쭐이 나기 때문이다.

할머니 수녀님들은 50년 가까이 수녀원에서 사신 분들인데, 그만큼 이분들의 인격이 모두 고매하고 성녀와 같다고 생각하면 오산이다. 평생을 사회생활 한번 안 하고 여자들 사이에 갇혀 사신 분들이라 의외로 괴짜가 많다. 게다가 나이 들어 새벽잠이 없어지니 성당에는 그렇게 일찍도 나와 앉아 계신다. 십자가 앞에서 눈을 감고 묵상하시나 보면 어떤 분은 사방으로 고개를 풍차돌리며 주무시기도 하고, 또 다른 분은 실눈 뜨고 누가 일찍 미사에 나오나 감시하기도 한다.

어떤 할머니 수녀님은 화장실에서 화분을 막 갖다 엎으시고 흙을 파내고 계셨다. 왜 그러시냐고 물었더니 영성에 방해가 된다고, 하느님과의 대화시간을 식물이 뺏는 것 같아서 갖다 버리시는 거란다. 식물도 우리 인간과 분류는 다를지언정 생명체인데 왜 그러셨을까. 아무리 생각해도 이해가 가지 않았다. 약간의 치매 증상이 아니었을까 생각이 든다. 여하튼 이런 일부 할머니 수녀님들께 잘못 찍히면 수녀원 생활이 고달파진다.

새벽 미사를 마친 후, 식당으로 아침 식사를 하러 간다. 식사 담당 소명을 받은 수녀님들과 당번 수녀들은 새벽 미사를 드리지 않고 그 시간에 식사를 준비한다. 당번 수녀는 주방 담당 수녀님들을 도와 테이블 세팅을 한다. 우리 수녀원에서 식사 담당 소명을 맡으신 수녀님들은 수녀원에 들어오기 전 신부님의 식사를 담당하셨던 식복사(성당 사제관의 살림을 담당하는 일반인 도우미)였던 분도 계셔서 요리 솜씨들이 보통이 아니었다. 지금도 수녀원 밥만 생각하면 군침이 돌 만큼 매 끼니가 맛있었다.

특이한 점은 아침마다 삶은 달걀을 하나씩 줬다는 것이다. 집단생활을 하는데 영양 보충이 어려웠던 옛날부터 내려온 전통이라 짐작만 할 수 있다. 수녀님들은 아침으로 미역국이나 다른 국이 나오면 삶은 달걀을 정성스럽게 까서 국에 으깨 드신다. 지금도 나는 그 맛이 그리워, 미역국을 끓이면 가끔 그렇게 달걀을 숟가락으로 다각다각 깨서 노란 국물을 만들어 먹는다.

에덴동산에 헬게이트 열렸네

어떻게 그 큰 백화점이 무너지나

아침 식사를 든든히 먹고 나면 당번 수녀들은 커다란 싱크대에 주욱 둘러서서 허리가 꺾어지도록 열심히 설거지를 한다. 항간에는 이런 말이 있다. '수녀원 걸레로 얼굴을 닦아도 된다'는……. 대걸레건 손걸레건, 부엌이고 안방이고 간에 수녀원은 살림 못 해서 죽은 귀신이 들린 것처럼 번쩍번쩍 광이 난다. 수녀원 살림도 커다란 수련 과정으로 여기는지라 기도하듯이 열심히도 일한다. 지원기와 청원기를 지나 수련기 수녀님 정도의 구력이 되면 훈장처럼 주부습진이 생긴다. 전에 살림이라도 해봤어야 알지, 나는 손이 원체 느린 탓에 같은 동기 수녀님들 사이에서도 민폐쟁이로 이름을 날렸다. 동기 중에서도 내가 막내였던지라 서른 넘어 뒤늦게 수녀원에 들어온 분들은 얼마나 잔소리를 하며 곯려 먹었던지…….

"베로니카(베로니카는 내 세례명이다)! 그거 못하겠으면 그냥 저쪽 가서 쑥이나 뜯어줘요."

"베로니카! 그릇에 그렇게 담는 거 아니에요. 딴것 하지 말고 설거지나 도와줘요."

설거지를 마치고 나면 아침 청소를 한다. 학교 다닐 때 각자 맡은 구역으로 달려가서 자리를 잡고 청소하듯, 수녀님들도 식당에서 우르르 나가 빗자루와 걸레를 꺼내 들고 청소 준비를 한다. 나는 원장 수녀님 방 담당이었다. 이게 고달픈 수녀원 생활에서 그나마 특혜였던 것이, 원장 수녀님 방을 담당하게 되면 신문을 읽을 수 있었다. 몇 년 전 세월호 사태에서도 보여주었듯 우리 수녀원은 사회 참여도가 상당히 컸다. 병원, 학교, 양로원 등의 기관으로 수녀들을 파견해 운영하는 것은 물론이고 전 세계 선교 활동도 활발했다. 그러다 보니 원장님은 거의 모든 신문을 섭렵하셨다. 내가 하는 일 중 하나는 그 신문들을 원장님 보시기 좋도록 유리판이 깔린 테이블 위에 가지런히 놓는 일이었다.

수녀원은 수련기의 수녀들에게 신문과 TV를 보지 않게 했다. 수련 과정에 있는 수녀들의 눈과 귀를 막고 오로지 나 자신에게 집중하라는 뜻이었다. 나는 그런 수련 방식에 무척 반발했다. 젊은 사람의 소중한 시간을 무지몽매하게 만들어서 순종하게 만드는 방식은 이제는 달라져야 한다고 건의도 많이 했지만, 수련기 몇 년 동안 세상과의 모든 소통을 끊고 오로지 하느님과 소통할 것을 강조하는 수녀원의 규칙은 철

통같이 이어졌다.

변함없이 아침 청소를 하면서 신문을 정리하고 있던 어느 날.

악! 나도 모르게 소리를 질렀다. 다른 수녀님들이 "왜? 왜 그래?" 하고 순식간에 내게로 몰려왔다. 나는 신문에 실린 내용을 발설하면 안 되는 줄 알고 눈물만 흘려댔다. 1995년 삼풍백화점이 무너진 다음 날 신문을 본 것이다. 다리에 이어 건물이 무너지는 건 내 인생에 처음이어서, 아니 나뿐 아니라 국민 모두에게 처음이어서 충격이 꽤 심했다. 어떻게 백화점이 무너지나, 어떻게!

그날 오전, 예정에 없던 미사에 수녀들 전원이 다급히 소집됐다. 미사에 앞서 신부님은 침통한 어조로 어제 일어난 바깥세상 이야기를 전해주셨다. 뒤늦게 삼풍백화점 소식을 알게 된 수녀들은 이 어처구니없는 참사에 눈물을 흘리며 미사를 드리고 묵주기도를 봉헌했다. 그날 너무 놀란 나머지 계속 두근거리는 가슴을 가라앉히며 드린 아침 미사가 잊히지 않는다. 그리고 그 연세의 어르신 같지 않게 덩치도 크고, 어깨도 넓으셔서 평소 대장부 같으셨던 원장 수녀님의 눈물도…….

수박 하나 때문에 수녀들끼리 싸우는 모습 본 사람?

점심 성무일도를 마치고 식당으로 가면 맛있는 밥과 반찬들이 뷔페식으로 차려져 있다. 운 좋으면 특식으로 봄에는 딸기가 놓여 있기도 하고, 여름에는 시원한 수박이 우리를 기다리고 있기도 한다. 줄 서서 식당으로 들어가는 길, 열어놓은 창문으로 부는 바람에 상큼한 과일 냄새가 실리면 그렇게 신이 났다. 여러 사람이 한데 뭉쳐 살면 이렇게 사소한 먹을거리가 인생의 꽤 큰 기쁨이 된다. 군대에서의 초코파이처럼…….

그런데 문제는 수박.

딸기나 자두 같은 것은 그냥 한 알씩 가져가서 먹으면 되는데, 수박은 미묘하게 계급이 드러났다. 수박 한 통을 4등분해서 손으로 들고 먹을 수 있게 잘라 쟁반에 놓으면 수박 모양의 특성상 크기 차이가 생겼다. 즉 나 같은 막내들은 당연히 수박 맨 끄트머리 쪽을 가져가서 설치류처럼 아랫니로 벅벅 긁어 먹어야 하는 숙명이었다. 거역할 수 없다. 가운데 토막은 당연히 앉은자리에서 가장 어르신의 차지가 될 것이다.

수녀원도 사람이 모인 곳이라 여자들끼리 아웅다웅한다. 천사 같은 미소도 하루 이틀이지, 매일 같이 살면 볼 꼴 못 볼 꼴 다 보게 된다. 한 수녀님이 손을 뻗어 수박 가운데 토막, 제일 크고 먹음직한 놈을 아무렇지도 않게 가져가셨다. 그걸 본 맞은편에 앉은 수녀님이 정말 번개같이 그 손을 탁 치시는 것이다. 현장의 대화는 정확히 기억나지 않지만 이런 류의 다툼이 이어졌다.

"잠깐, 지금 그걸 수녀님이 가져가서 드시는 건가요."

"내 수박, 내가 맘대로 못 먹습니까?"

"큰 건 다른 분들께 양보하는 게 맞는 거 아닌가요."

"나도 먹을 짬 됩니다."

"잠깐만요, 몇 축(수녀원 기수는 축으로 이야기한다)이시죠?"

"밥 먹다 말고, 그건 왜 묻고 난립니까?"

"대답이나 하세요."

"지금 싸우자는 겁니까?"

그리고는 손에 든 수박을 앞 사람 보란 듯이 입 쩍 벌려 베어 무는 수녀님. 그리고 열 받아서 벌떡 박차고 일어나 식당을 나가버리는 또 다른 수녀님.

스물 갓 넘은 막내 수녀가 꼴랑 수박 하나 가지고 싸우고 있는 나이 지긋한 선배 수녀님들을 바라봤을 때 어떤 생각을 했겠나. 물론 그때 먹은 나이만큼 곱절을 더 살아보니, 그 지긋한 수녀님들의 밥상머리 싸움은 단지 수박 때문이 아니었다는 것을 알게 되었다. 문제가 수박으로 터진 것뿐이지, 오랜 시간 그 뒤에 숨어서 쌓인 그녀들의 반목은 어마어마했을 것이다.

그래도 그때는 어린 마음에 이런 생각이 들었다. 내가 이곳에서 앞으로 10년을 살면 겨우 먹을 거 가지고 아웅다웅 싸우는 저 수녀님들만 한, 딱 저만한 소갈딱지를 장착하게 되겠지. 저것이 미래의 내 모습일까 하는 생각에 앞서 먹었던 밥이 소화가 안 될 정도였다. 그럴 때마다 수녀원 대성당에 올라가 '왜 결혼도 하지 않고 이곳에 들어와 살게 된 것일까'를 혼자 기도하며 탐구했다. 이것이 당시 나의 가장 본질적인 갈등이자 스스로 끊임없이 던진 질문, 바로 나의 신앙의 화두였던 것 같다.

여긴 어디? 나는 누구?

나, 베로니카. 수녀원의 농사 꿈나무로 자라나다

점심을 먹고 난 오후에는 모두 '공동방'이라는 회의실 같은 큰 방에 모여 요일별 시간표에 따라 활동한다. 보통은 영적 독서를 하면서 바느질을 했다. 영적 독서란 신앙 서적 한 권을 돌아가면서 읽는 시간인데, 휴대폰이나 별다른 미디어가 없었던 당시에는 거의 동네 영화관 수준의 엔터테인먼트가 되어주었다.

아니면 성서나 성인 · 성녀사 공부를 하거나 계절별로 철원 도창리에 있는 수녀원 농장에 가서 농사를 짓기도 했다. 도창리 농장에는 끝도 없이 펼쳐진 포도밭이 있고 감자, 고추, 호박, 무, 배추 등등 수녀원 밥상을 책임져 줄 채소가 무럭무럭 자라고 있었다. 농사 담당 수녀님들은 아예 도창리에 따로 집을 얻어 농사를 짓고 미사를 드리면서 살고 계셨다. 우리는 그 수녀님들을 도와드리러 가는 것이었다.

포도가 아직 작은 초록색 알일 때 포도송이를 종이봉투로 하나하나 감싼다. 그 종이봉투가 바로 우리가 마트나 과일가게에서 볼 수 있는 포도를 포장한 종이다. 포도나무의 크기는 매우 어정쩡해서 목을 꺾어서 하늘을 보며 종이를 다 싸고 나면 목뼈가 부러질 듯 아프다. 게다가 나는 키까지 커서 작업하는 내내 다리를 오토바이 벌칙 받는 자세로 부들부들 버텨야 했다. 하루 일하고 나면 다음 날 걷기도 힘들 정도였다.

한 계절이 지나 뜨거운 여름이 되어 까맣고 탐스럽게 익은 포도를 가위로 똑똑 따서 수확할 때도 변함없이 나의 뒷목과 무릎은 벌 아닌 벌을 받아야 했지만, 목장갑 끼고 갓 딴 포도알을 입에 욱여넣는 그 맛은 무엇과도 바꿀 수 없다. 아무리 비싸고 좋은 포도라도 도창리 농장에서 바로 따 먹는 포도맛

과는 비교할 수 없다. 이 포도로 가정식 포도주를 대량으로 만들어놓지만, 실제 미사주로는 마주앙을 썼다.

그다음 큰 농사는 감자 농사다. 감자는 3월에 심으면 대략 100일 전후 지나서 수확을 한단다. 젊은 수녀님들이 모두 동원되어 감자를 캐러 갔다. 그때 태어나서 처음으로 감자잎과 꽃을 봤다. 여기저기 커다란 자루를 놓고, 땅속 두더지 파내듯 감자를 캔다. 자루 하나가 꽉 채워지면 그걸 낑낑대며 한쪽으로 몰아넣는다. 밀짚모자 쓰고 고무신 신고 무거운 감자 포대를 질질 끄는 나의 모습은 정말 우리 수녀원 '농사 유망주'로서의 카리스마를 제대로 뿜어내고 있었다!

농사를 지을 때는 수녀복 치마를 접어 몸빼 안에 집어넣고 일하기도 하고, 아예 수녀복 대신 티셔츠에 몸빼를 입고 일하기도 한다. 그러나 머리에 쓴 베일은 절대 벗지 않는다. 베일 위에 밀짚모자를 쓰는데, 뙤약볕 아래서 한두 시간 일하다 보면 머릿속은 자연히 증기로 가득 찬 목욕탕처럼 된다. 예부터 여자의 머리카락이 '정욕'을 상징한다고 해서 이를 가리기 위해 미사보를 쓰거나 베일을 쓰기 시작했다거나, 혹은 구약성서 말씀에 레베카가 남편이 될 이사악을 보고 존경의 의미에서 너울을 꺼내 얼굴을 가렸다는 데에서 쓰기 시작했다는 유래가 있기는 하나, 도무지 마음에 들지는 않는다. 왜 여자만 철저하게 존경의 예를 갖춰야만 하는지……. 가톨릭은 남성 중심의 권위적인 문화를 바탕에 둔 종교다. 그래서인지 모두 철저하게 머리카락은 보여주지 않는다. 밤에 잠자리에 들 때도 베일은 벗지만 머리에는 하얀 두건을 써서 깨끗하게 가렸다.

모두 모여서 포도를 따거나 감자를 캘 때 말없이 일만 하면 심심하니까 수녀님들은 이런저런 이야기를 한다. 어릴 때 얘기, 수녀원에 오게 된 사연, 이곳에 오기 전의 연애담까지 다 털어놓는다. 심지어 아직도 마음속으로만 좋아하고 있는 신부님 얘기까지! 나도 수녀원에 왜 들어오게 되었는지 수줍게 이야기했다. 다들 하느님이 너무 좋아서 들어오는 것만은 아니었다. 그렇다고 거창하게 기구한 사연들이 있는 것도 아니었다. 애개개~ 소리가 나올 만큼 말도 안 되는 사정 또한 줄줄이 사탕이고 말이다. 이를테면 첫사랑이 신학생이었는데, 그와 너무 가혹하게 헤어지는 바람에 '좋다, 이번엔 그와 진짜 신앙으로 진검승부를 하겠다!'면서 수녀원에 들어온, 한 번뿐인 인생 우습게 보는 웃기는(?) 수녀도 있었다. 물론, 그 수녀가 내가 아니라는 보장은 없다!

품앗이 농사일은 이런 '우리들의 이야기'가 빠지면 완성될 수 없는 작업이다. 사람들이 모인 자리에는 이야기가 빠지지 않는다. 그러다 보면 흥얼흥얼 함께 노래도 부른다. 그래서 예부터 두레는 같이 일하는 모임이기도 하지만 '노동요'를 함께 부르는 단체이기도 했단다.

수녀원에 와서 농사짓는 시간이 길어지면서 뒤늦게 알게 된 것이 하나 있다. 내가 농사에 엄청나게 재능이 있다는 것을 말이다! 낫질도 기막히게 잘한다. 목장갑 폼 나게 끼고 말이다. 나만 지나갔다 하면 그 밭은 싹 다 깔끔하게 갈린다. 주변 사람들이 베로니카는 인간 트랙터라고 감탄해 마지않는다. 땅 속의 감자들은 나만 지나갔다 하면 순식간에 세상의 빛을 보았다. 어느덧 나는 이렇게 수녀원의 '농사 꿈나무'로 자라나고 있었다.

수녀원을 박차고 나오심을 묵상합시다

대성당에 귀신이 산다?!

일과를 마친 오후 8시. 수도자들은 이때부터 '대침묵'이라 하여 다음 날 아침 미사 전까지 말을 할 수 없다. 오롯이 하느님과 대화를 하라는 수도원의 배려다. 정말 위급한 상황이나 꼭 해야 하는 말은 필담을 통해 나눈다. 자유 시간에 수녀님들은 방에 들어가 휴식을 취하거나 공동방에서 독서를 하기도 한다. 그러나 잠자리에 들면 안 된다. 수련기에는 마음대로 잠을 잘 수 없어서, 나로서는 참으로 곤욕이었다. 마음 둘 데 없는 수녀님들은 불 꺼진 대성당에 가서 기도나 묵상을 하는데, 이게 또 히트다.

오로지 감실(제대 옆에 있는 작은 캐비닛 같은 것인데, 미사 성찬의 전례에 사용하는 전병을 넣어둔다)만 빛나는 어두컴컴한 성당. 사각사각 수녀복 스치는 소리, 삐거덕 하고 의자 무릎대 내리는 소리만이 조심스럽게 들린다. 그 가운데 갑자기 '흑흑흑' 여자 우는 소리가 들린다. 이내 여기저기서 가녀린 울음소리들이 이어 울려 퍼진다. 고요한 대성당은 귀곡산장으로 대변신! 어떤 수녀님은 아예 봉인 해제하고 통곡을 하신다. 성당이 넓고 천장이 높다 보니 어둠 속의 울음소리에 하울링이 생겨 더욱 무시무시하다.

기한이 없는 수녀원 생활은 가히 여자들끼리의 스타워즈를 방불케 했다. 그 안에서 다들 얼마나 힘들었을지. 수녀님들이 하루 중 유일하게 공식적으로 울 수 있는 시간과 공간은 오후 8시의 수도원 대성당뿐이었다.

거기 베로니카! 뽀또 라인에 서주세요

보통 밤 10시 정도면 모든 수녀원의 불이 다 꺼지고 취침에 들어간다. 수련기를 지나고 서원을 받은 수녀님들은 각자 방에서 자유롭게 쉬다가 잠들 수 있지만, 우리 같은 병아리들은 일제히 잠자리에 들어야 한다. 집단의 움직임이 군대와도 같다. 요즘 군대는 어떤지 모르겠지만.

하루는 침대에 누웠는데, 내가 낮에 공동방을 청소하면서 수녀복 주머니에 몰래 집어넣은(또는 훔친!) 과자가 계속 삼삼히 떠오르는 거다. 아마 군대 갔다 온 남자들이라면 이 느낌이 뭔지 알 것이다. 수녀원에서 딱히 배를 곯리지는 않지만, 제한된 시간에 제한된 음식이 제공되면 따로 먹고 싶은 것이 많아진다. 오후 3시 간식 시간에는 과자나 과일 같은 것을 함께 나누어 먹는데, 스무 살 갓 넘은 아기였던 나는 그놈의 과자가 매번 모자라게 느껴졌다. 사정이 그러하니 과자랑 포도주를 보관하는 간식장에 예쁘게 놓여 있는 소분 포장된 치즈맛 뽀또가 눈에 띈 것. 떨리는 손으로 한 개를 오른쪽 주머니에 슥 넣었다. 비닐이 바스락거리는 소리가 걸릴까 두려웠지만 무사히 반출 성공!

이제 이걸 조용히 내 입으로 집어넣기만 하면 된다. 어디서 먹지? 계속 기회를 노렸지만 청소 시간에도 빈 곳이 없었다. 그렇다고 커다란 소파 뒤에 숨어 허리를 굽히고 먹을 수도 없고. 일부러 밥도 빨리 먹고 나 혼자 밖으로 나왔지만 기회는 쉽사리 오지 않았다. 이게 공동생활의 가장 큰 폐해다. 나만의 시간이 없어도 이렇게 없다니.

밤이 되어 출출해지자 내 주머니 속 뽀또가 더 그리워졌다. 그때 생각이 번쩍 뜨였다. 그래, 화장실!

수녀원 내에서 나만의 시간을 가질 수 있는 공간은 결국 화장실밖에 없었다. 먼저 다른 수녀님들이 잠들어 있는지 확인했다. 손에는 묵주 하나씩 들고, 아주 코까지 골며 잘도 주무신다. 수녀복 주머니에서 뽀또 한 봉지를 꺼내 살짝 문을 열고 나왔다. 화장실 문을 열고 나만의 공간에 들어서는 데에 성공! 무사히 뽀또를 꺼낸 순간!

아앗, 누가 저 옆 칸에서 물을 내린다. 덜덜덜…… 잠옷에는 주머니가 없어서 이 과자를 손에 들고서 나가지도 못한다. 물 내리는 소리에 비닐 소리를 숨기려고 과자봉지를 재빨리 툭 뜯었는데, 아뿔싸. 너무 세게 뜯었는지 전부 바닥에 떨어져버렸다. 물론 나는 화장실 바닥이 아니라 변기에 떨어진 놈이라도 주워 먹을 각오가 되어 있었는데, 딱 한 개가 화장실 문틈 밖으로 데구루루 굴러가는 것이다. 저 과자, 내 과자!

화장실 안쪽에서 안절부절못하고 있는 그때, 밖에서 문을 똑똑 두드린다. 나는 그냥 용서해달라고 해야겠다는 생각으로 다 포기하고 문을 열었다. 나보다 한 살 위인 어린 수녀님이었다. 장이 약해서 끽하면 화장실로 날아가던 양반. 그날 밤도 설사하러 오신 모양이다. 하필이면 대침묵 중이었으므로, 우리는 서로 쳐다보기만 할 뿐 말을 하지 못했다. 그녀는 화장실 바닥에 떨어진 뽀또를 주워 나에게 건넸다.

토요일은 모든 수녀들이 빨래를 하고, 영화 한 편씩 보며 쉬는 날이다. 지금 생각하면 상당히 웃기는 제도이긴 한데, 수련 수녀들은 영화 보기 전에 모두 모여 한 주를 정리하고 반성하면서 자기가 저지른 잘못을 한 가지씩 고백하는, 일종의 집단 자아비판 시간을 가졌다. 나는 간밤에 과자를 훔쳐 먹으려다 밖으로 굴러가는 바람에 들킨 이야기를 소상히 고백했다.

"뽀또가 너무 먹고 싶었습니다. 죄송합니다."

심각하게 그 이야기를 듣고 계시던 선생 수녀님은 풉! 웃기 시작하고…… 조용히 나의 고백을 듣던 수녀님들도 일제히 배를 잡고 웃기 시작했다. 그날 밤 화장실 안에서 내 뽀또가 굴러 나오는 걸 본 수녀님은 아예 뒹굴었다. 나도 이런 내가 웃겨서 큭큭대고 웃다가 보니 스무 살이 다 넘어서 과자 하나를 가지고 이렇게 애를 쓰는 모습이 너무 서러운 거다. 눈물이 펑펑 쏟아지기 시작했다. 내가 울기 시작하니까 다른 수녀님들도 같이 울기 시작한다.

그렇게 눈물 바람으로 고백을 마치고 자리로 들어왔다. 그런데 놀라운 일이 벌어졌다. 내 옆자리에 앉은, 설거지에 부엌일 못한다고 '손 뒀다 어따 갖다 쓰냐'고 맨날 구박하던 수녀님이 계속 나를 안고 우는 것이다. 그때부터 나는 '뽀또 수녀'가 되었고, 수녀원에서 나를 갈구는 사람은 단 한 명도 없게 됐다. 그리고, 지금도 나는 뽀또 안 먹는다. 진짜로.

로마나 수녀와 베로니카 수녀의 쇼생크 탈출

수녀원에 들어온 지 얼마 안 되어 신앙의 의욕이 충만한 우리 지원기 수녀들은 잠을 잘 때 보통 묵주기도를 하다 잠든다. 한 방에 3명 정도 지내는데, 3개월에 한 번씩 함께하는 멤버를 바꿔서 모든 이와 골고루 부딪쳐(?) 생활할 수 있도록 한다. 나는 우리 기수 최고령의 로마나 수녀와 그다음 고령인 수산나 수녀랑 한 방을 쓰게 되었다. 다행히 로마나 수녀님과 나는 쿵짝이 잘 맞았던 데다 간땡이들이 부어서, 10시 취침 이후 수산나 수녀가 잠든 것을 확인하면 우리끼리의 조그만 파티를 벌였다. 물론 대침묵이라 이야기를 하면 안 된다는 수도원의 룰이 있었지만 우리는 이를 과감히 깼다.

밤이 되면 우리는 조용히 공동방으로 가서 냉장고의 포도주를 꺼내왔다. 그리고 방으로 가지고 와서 창밖을 쳐다보며 두런두런 이야기를 나누며 포도주를 나눠 마셨다. 컵도 없어서 병째 나발을 불었다. 한여름 보름달이 휘영청 뜨던 밤도, 세차게 비 내리는 어두운 밤도 직접 담근 진한 포도주의 알코올에 기분이 좋아졌다. 그러면서 내려다본 수녀원 담 너머 바깥세상은 너무나 아름다웠다. 당시 수녀원이 있던 길음동은 살림이 그리 넉넉지 않은 사람들이 살던 곳이었다. 퇴근길에 아빠가 수박 한 통을 사오면 식구들이 그 수박을 쪼개서 마당 평상에 앉아 나눠 먹고, 아빠는 옆에서 엄마가 퍼주는 바가지 물로 등목하고……. 넉넉하진 않지만 행복한 바로 옆집의 풍경이 눈에 쏘옥 들어왔다. 그 모습을 물끄러미 내려다보면서 로마나 수녀님이 나즈막히 혼잣말인지 아닌지 모를 이야기를 한다.

"아, 나가고 싶다."

며칠 뒤, 로마나는 정말 수녀원을 나갔다. 그렇게 포도주 야간 절도 행각은 완전 범죄로 묻히는가 했는데…….

그 뒤로 수산나 수녀님과 나 둘이서만 방에 남았다. 어느 날 잠을 자다가 설핏 깼는데, 내가 지금 뭘 봤지 했다.

푸르스름한 어둠 속에서 짐승 같은 소리를 내며 두 무릎을 꿇고 반쯤 고개를 쳐들고 앉아 벽을 벅벅 긁고 있는 수산나!

나는 대침묵이고 뭐고 간에 그 모습이 너무 소름 끼치고 무서워 소리를 지르며 복도로 뛰쳐나갔다. 선생 수녀님과 다른 수녀님들도 그 소리를 듣고 잠이 깨어 우리 방으로 몰려들었다. 수산나는 다른 사람들은 눈에 들어오지도 않는 듯 악악 소리를 질러대며 벽을 계속 긁어댔다. 다음 날 아침, 선생 수녀님은 아침도 드시지 않고 미쳐 날뛰는 수산나를 부천 성모병원으로 급히 옮겼다. 그렇게 이틀이 지난 후 선생 수녀님이 조용히 방으로 나를 부르시더니 함께 삼종기도를 바치자 하셨다.

"베로니카, 솔직하게 이야기해봐."

기도를 마치고 난 뒤 준엄하게 말씀하셨다. 무슨 말씀이신지 어리둥절해 있는 나의 눈을 똑바로 바라보며 운을 떼셨다. 병원에 입원해 있는 수산나 수녀가 최면 치료를 받았는데, 하필이면 최면에 걸린 와중에 나와 로마나 이야기가 나왔다는 것이다.

"밤에 술 마시고 나는 주지도 않고, 저들끼리만 얘기하고 나는 끼워주지도 않고……."

이러면서 펑펑 울더란다. 한 대 얻어맞은 듯했다. 최면을 통해 밝혀진 대침묵 어긴 죄, 포도주 훔쳐 마신 죄, 게다가 같은 방 수녀를 따돌린 죄까지 얹어져서 나는 응당의 처분을 받게 되었다.

그 결과 영원히 머무를 줄만 알았던 수녀원에서 나왔고, 먼 훗날 내 아이들이 차례차례 세상의 빛을 보게 되었다. 세상일은 참 신비롭다.

제 4장.

내일을 향해 쏴라

탈모는 병이 아닙니다
-카피라이터

한참 벤처 붐이 일던 2000년 초반, 나는 '펀딩을 받은 콘텐츠 회사'에 다니고 있었다. 이는 '자기 돈을 투자하지 않고 업종이 불분명한 일을 하면서 끌어온 남의 돈을 계속 까먹는 회사'로 읽어도 별 무리가 없었다. 그런 복잡한 취지로 세워진 자그마한 회사의 대표님은 직장 생활을 처음 시작해 망아지 같은 직원인 나에게서 장점을 하나 발견하신다.

"글이 참 좋네. 어? 글이 좋아."

대표님의 말씀을 계기로 나는 날름 광고 대행사로 적을 옮겼고 2003년경, 어떤 조그만 광고 대행사에서 카피라이터로 근무를 하게 되었다. 꿈에 부풀어 간 광고 대행사. 아무리 작은 회사라도 좋아하는 글을 쓰면서 돈을 벌 수 있다는 생각에 마음이 두근거렸다.

당시 모 대기업의 석유 회사가 우리의 대형 클라이언트였다. 당시에 각 팀의 팀장은 하청 업체나 협력업체로부터 월 일이백씩 뒷돈을 받았다. 카피를 쓰러 들어간 나의 가장 큰 임무는 '봉투'를 전달하는 일이었다. 젊은 여자 직원이라 전격

발탁된 것이다. 대표가 매월 무슨 날, 봉투에다 현금을 두툼하게 넣어 준비하면 그날 저녁은 꼼짝없이 회식이 잡혔다.

절차는 다음과 같다. 나보다 두 살 위인 남자 차장 한 명과 함께 비밀리에 클라이언트 회사 회의실에서 봉투 전달식을 거행한다. 그리고 그 자리에 앉아 대기업 팀장의 꼰대성 발언을 참을성 있게 듣는다. 업무 이야기인 듯하기도 하고, 아닌 듯하기도 한 알맹이 1도 없는 말을 끈기 있게 듣고 있어야 했다. 퇴근 무렵이면 우리 쪽 사장이 합류한다. 팀장들과 나를 포함한 직원 두 명, 그리고 사장은 아주 근사한 일식집에서 진하게 회식을 했다.

봉투 전달식에 나와 함께 가담했던 직원은 구시대적 회사 생활에 아주 익숙한 차장이었다. 일머리는 없어도 회사 돌아가는 분위기 하나는 기가 막히게 파악했다. 일할 시간에 사장에게 딸랑거리는 것이 낫다는 신조를 가지고 있었고, 실제 그걸 나에게 자랑스럽게 떠벌리기도 했다.

"이젠 당신도 세상 물정을 좀 알아야 해요. 황 차장님."

한번은 내 컴퓨터에 있던 기획서를 복사해 훔쳐가기도 했다. 그런가 하면 회사를 옮기려고 써놓은 이력서를 어떻게 알고 긁어가서 사장에게 공석을 대비하셔야 한다며 보고까지 한 아주 비열한 놈이었다. 회사에 어느 누구 한 놈 믿을 자가 없었다.

월간 봉투 전달식은 계속되었다. 상대 회사 팀장놈 중 몇몇은 나를 추행하기도 했다. 지금이야 다들 앗 뜨거, 하면서 철저히 조심하는 분위기지만, 당시 회사 내 추행은 이루 말로 할 수 없이 횡행했다. 여자들은 회식 자리에서 술 마시면서 키스 정도는 그냥 눈 질끈 감고 넘겨야 했다. 노래방에서 가슴 만지는 일도 허다했다.

하루는 어떤 팀장 녀석이 출세시켜 주겠다면서 역삼동 황금성 모텔에서 기다릴 테니 오라고 했다. 차가 없는 나에게 차를 한 대 사주겠다고 했다. 그러면서 어떤 차 좋아하냐고 묻기까지 했다. 베르나? 아반떼? 솔직히 정말 신났다. 세상 무서운 줄 모르고, 설마 진짜 자겠나 싶어 갔다.

건물 1층에는 진짜 맛있는 매생잇국을 파는 집이 있었다. 나는 매생잇국을 그때 처음으로 먹어봤다.

"무라. 맛있다. 이기 맛있는 거야."

매생잇국에다가 소주를 실컷 마셨다. 그러더니 황금성 모텔로 진짜 올라갔다. 붉은 조명의 황금성 모텔 방 침대 위에, 술 취한 돼지가 한 마리 보였다. 어? 정말 자야 하는 거야? 차는 그냥 받으면 안 되는 건가? 그제야 정신이 번쩍 들었다. 술에 잔뜩 취한 사람과 주먹다짐하는 것은 그다지 어렵지 않았다. 투닥투닥하다 "아이 더러워! 저리 비켜, 돼지 새끼야!" 하고 밀쳐내고 나오는 길에 뒤통수에서 이런 소리가 들렸다.

"더러운 년! 차 한 대 받을라믄 그 정도 각오 갖고 되긋나!"

정신? 그래, 정신은 내가 잠깐 나갔었지. 저 사람 뭘 믿고, 그까짓 차 한 대 얼마나 한다고 그게 그렇게 갖고 싶어 모텔 방까지 가서 앉아 있었는지. 그냥 이 회사 관둬야겠다는 결심을 했다. 얼마나 창피하던지. 린다 김에 마타하리까지 미모의 로비스트 판타지에 빠졌던 서른 갓 넘은 시절의 나는 이렇게 해서 잘 살고 출세하는 것이라면 난 평생 칡뿌리나 캐 먹고 살겠다고, 아무리 썩어빠진 대한민국 아사리판이라도 나만은 이렇게 출세하고 이 따위로 돈 벌지 않겠다고 이 악물고 다짐했다.

비가 추적추적 내리는 여름밤이었다. 기분만큼 날씨도 더러웠다. 집에 가려고 택시가 있나 두리번거리고 있었다.

"나왔네."

그 차장 놈이었다. 중간에 안 보이기에 그냥 집으로 갔나 했더니 황금성 밑 매생잇국집에서 나를 기다리고 있었다.

"잤냐?"

"알고 싶나?"

"안 잤구나."

내 머리를 툭 친다. 같이 소주 한 병 더 마시고, 돼지 팀장

녀석 잠이 푹 들었는지 새벽 3시가 되어도 모텔에서 안 내려오는 것 보고 집으로 왔다.

그래도 그 더러웠던 광고 대행사에서 생활하면서 내내 돈 봉투만 들고 다닌 것만은 아니었다. 내가 고심 끝에 내놓은 최대 히트작 카피가 있다. 당시 대한민국 탈모인들의 심정을 정확히 꿰뚫어 어루만져주었던 모 탈모 치료제의 헤드 카피!

탈모는 병이 아닙니다!

* * *

밤 8시가 넘은 늦은 시간, 쿠팡맨이 치킨 가라아게와 돈까스를 배달하겠다고 댁에 계시냐며 전화를 주었다. 택배하시는 분들이 아침, 저녁, 밤 가릴 것 없이 바람을 가르며 급한 걸음 하시는 것을 보면 마음이 조금 아린다.

쿵쿵쿵!!!

한 집 한 집 건너가는 시간이 돈인지라 문도 세게도 두드리신다.

"쿠팡입니다!"

얼른 뛰어나가 문을 열었다. 순간…….

"어? 황 차장 이름 바꿨냐?"

할 말을 잃었다.

“간다, 배달할 게 많아.”

인생, 참. 왜 여기서 이렇게 만나지.

퀸카로 살아남는 법
-면세점 에이전시 직원

살면서 내게 영향을 많이 끼친 여사장님이 한 분 계신다. 대한항공 스튜어디스 출신으로 굉장히 아름다운 분이었다. 살면서 연예인 아닌 사람 중에 이렇게 건강하고 멋진 몸매를 갖춘 사람을 보지 못했다. 화려한 면세점 업계의 에이전시 대표님. 젊어서부터 혼자 아이들 데리고 살면서 사업 일구느라 고생을 많이 하셨다고 했는데, 과연 매사 시간과 노력을 허투루 보내지 않는 분이셨다.

친구 회사 사장님의 소개로 그 회사에 들어갔다. 결론부터 이야기하자면 고생을 많이 했다. 진짜 많이 했다.

하루는 이탈리아에서 주문한 물건이 오지 않아 빨리 보내달라는 팩스를 보내야 했다. 이탈리아는 우리나라와는 다르게 한 달 동안 여름휴가를 제대로 간다. 쇼룸이고 사무실이 올 스톱이다. 매장이 텅텅 빌 위험이 있었다. 마음이 급한 나머지 손편지를 썼다.

[Dear Daniella……]

물건을 언제까지 한국에 닿을 수 있게 해달라며, 내가 생각하기에 간결하고 정중하게 써서 팩스를 보냈다. 삐삐삐…… 팩스가 에러 없이 잘 간 소리가 들린다. 성공. 잠시 후, 사장님이 나오셔서 팩스기를 흘끔 보시더니 종이를 들어 잠시 읽으셨다. 그러더니 내 앞으로 확 집어 던지시는 것이다. 나는 책상에 앉아 있다가 눈앞이 번쩍 해서 깜짝 놀랐다.

"누가 이따위로 보내라 그랬어!"

"마음이 급한 나머지 손으로……."

"누가 그러래!"

"사장님도 그렇게 보내셔서……."

"그건 나니까 그러는 거지!"

나는 너무 놀라거나 당황하면 바로 배에서 신호가 온다. 장이 놀라서 꾸르륵 꾸르륵거렸다. 사장님은 얼마나 화가 나셨는지 나를 놓아줄 생각을 안 하셨다. 쉴 새 없이 소리를 지르시는데 배에서는 계속 천둥이 치고 이제는 식은땀까지 났다. 사장님의 고성이 한 템포 쉴 때 화장실을 좀 다녀오겠다고 말씀을 드리려 하는데, 치고 들어갈 틈이 없었다. 울고 싶었다. 괄약근을 있는 힘껏 조였다. 이젠 다 끝났으려니 하는데, 왜 팩스에 커버를 안 씌웠냐는 내용으로 2부가 시작되었다. 그제야 사장님이 아침에 출근하실 때 신나게 '굿모닝'을 외치면서 들어오지 않았다는 것이 기억났다. 하루를 무사히 보내려면 아침 인사를 하실 때 사장님 상태를 살펴야 한다.

인사도 없이 급하게 사장실로 바람을 일으키며 들어가시면 뭔가 심기가 불편하신 것이었다. 나는 그날 제대로 걸린 것이다.

그날 오후 인터넷 쇼핑을 무척 좋아하던, 같이 일하던 언니가 나에게 뜯지도 않은 박스에서 새 바지를 건네주었다. 참담한 심정으로 화장실에서 바지를 갈아입으면서 깨달았다. 사장의 마인드로 일은 하되 사장 같이 일하면 안 된다는 것을.

또 하나 나의 역할은 그녀의 고생담 들어주기였다. 살짝 '걱정 인형' 비슷하게 말이다. 나랑 둘이 있거나 사장님이 기분 좋을 때 눈이 마주치면 내게 다가와서 그녀의 고생담을 조곤조곤 이야기해주셨다. 재미없진 않았다. 퇴근 후 집으로 돌아가면 아이들 다 잠들고 불 꺼진 거실에서 홀로 참치 한 캔과 함께 와인 한 병을 마시고 주무신다는 것을 잘 알고 있었기에 그런 모습마저도 조금은 신비롭게 처연했달까. 그런 느낌이 있어서 성실한 리스너를 자처했다. 대신 미주알고주알 어설프게 상담은 해드리지 않았다. 제대로 귀 기울여 듣기만 했다. 만약 말 한 마디 잘못했다가는 또 황당하게 혼나고, 뱃속이 천둥 쳐서 여벌 바지 한 벌이 또 필요할지도 몰랐다.

"내가 얘네들 아빠한테 그 수모를 당하고 돌아오면서 차에서 얼마나 울었는지 몰라. 정말 꼭 성공하고야 말겠다고 이를 악물고 결심을 했어. 펑펑 우는데 자동차 경적이 울리더라고."

속으로 이런 생각이 들었다.

'그래도 사장님은 차가 있었잖아요. 난 없는데…….'

면세점 에이전시 직원들은 매장 관리를 하려면 차가 있는 것이 유리하다. 하지만 나는 차가 없던 뚜벅이. 더운 날 땀을 뻘뻘 흘리며 잠실 매장 갔다가, 인천공항에 있는 매장 갔다가 하는 나를 보고 사장님은 이렇게 말씀하셨다.

"좀 많이 늦은 것 아니니? 이제는 오너드라이버가 되어야지?"

그러려면 월급을 좀 넉넉히 주시던가. 내 귀에는 밥이 없으면 빵을 먹는 것이 좋지 않겠냐는 뜻으로 들렸다.

이상하게 면세점이나 백화점 판매 직원들은 다른 직업군들과는 유달리 강하고 드세다. 아무래도 별별 군상의 인간들을 손님으로 맞이하다 보니 그 속에서 단단하게 단련된 것이리라. 사장님은 직원들 수십 명을 총지휘하며 개별적으로 임금 협상하고 어르고 달래며 들었다 놓는 데에 전문가였다. 나도 사장님이 들었다 놓는 데에 장단을 맞추어 아주 짠 월급을 받았더랬다. 그 돈으로 어떻게 차를 뽑아. 길게 늘여 5년 할부를 하려 해도 기름값이 나오지 않아서 언감생심이던 시절이다.

한 20년 다 된 이야기인데도 그날의 '그래도 사장님은 차가 있잖아요'라는 말이 가끔 생각나 웃음이 난다. 그때는 사실 내가 더 '걱정 인형'이 필요한 사람이었던 것 같은데.

내가 회사를 그만두고, 다시 광고 대행사로 가겠다고 말씀드리자 사장님은 정말 진심으로 나를 붙잡으셨다. 지금 광고판으로 다시 가서 뭐 하겠냐고, 그 업계 다 사양길이라고 말이다. 면세점은 환율만 잘 받쳐주면 앞으로도 꺼지지 않는 비즈니스라며 이곳에서 오래 남는 쪽이 이기는 거라고 하셨다. 고마운 말씀이었지만, 나도 고집 하나는 대단한지라 그냥 발길을 돌렸다.

면세점 비즈니스에 몸담았던 짧은 2년여간, 사장님께 비즈니스 매너와 자기 관리를 배웠다. 그리고 사장님의 최대 장점이었던, 사업상 미팅을 할 때 어떻게 하면 최대한 내 쪽으로 유리하게 협상하면서도 품위를 잃지 않을 수 있는지 배웠다. 분명히 여자 사업가로서 유리한 부분이 있으니 그 부분은 영리하게 캐치하여 십분 활용하라고 강조하셨던 바, 아직도 생생하다. 그런데 배운 것과 아는 것은 확연히 달라 장착한 매뉴얼의 활용이 성공적으로 잘 이루어지지 않는다. 말하자면 나 같은 프리랜서는 1인 사업가인데, 우아한 협상으로 끌어내기가 아직은 어렵다. 그리고 오버 행동을 자주 해 실수를 한다. 다 잡은 물고기를 놓쳐서 밤에 자기 전 이불킥을 한 것이 한두 번이 아니다. 물건만 좋으면 뭐 하나, 장사꾼이 매력적이어야지. 이는 어떤 분야에나 다 적용되는 이치인 듯하다. '좋은 글을 파는 매력적인 작가'가 되는 길은 쉽지 않다.

이 김에 인터넷으로 검색을 해봤다. 과연 꺼지지 않을 사업이라고 하시더니, 20년이 지난 지금도 그 회사는 꺼지지 않은 불꽃으로 활활 타오르고 있었다. 사장님은 여전히 아름다우실 테지.

수상한 고객들
-보험설계사

예전 보험 영업을 할 때, 딱 한 번 고객 앞에서 운 적이 있다. 영업을 8년 했는데 그 중 딱 한 번이라니 대견하다. 살다 보면 그런 날이 있다. 누가 툭 치면 눈물부터 우르르 떨어지는 그런 날, 괜히 내가 가엾고 서럽고 그런 날이. 그날은 아침, 점심, 저녁 스케줄로 고객 상담, 그것도 클로징이 빼곡히 4건이 잡혀 있던 날이었다. 경험으로 미루어보아 확률상 그중 한 2건 정도는 계약이 성사되었다.

그런데 컨디션이 조금 좋지 않았다. 일을 하러 나가면 온종일 혼자 있는 딸아이가 너무 안돼 보여서 속이 상해 있었다. 엎친 데 덮친 격으로 다음 달에 급여를 얼마 이상 받아가지 않으면 또 적자가 날 판이었다. 불안했다. 영업, 특히 '영업의 꽃'이라고 일컫는 보험 영업은 고정급제가 아니기에 필사적으로 노력하거나 운이 좋으면 급여를 더 많이 받기도 하는 한편, 잘못하면 급여를 아예 못 받는 경우도 생기기 때문에 기본적으로 불안하고 급한 심정을 안고 뛴다. 결론부터 말하자면, 앞선 세 개의 미팅에서 청약을 줄줄이 실패했다.

보험을 계약하는 사람이 마음이 급하면 고객은 알아채고

더 도망간다. 참 신기하다. 그 마음을 다 알아챘다. 사실 고객의 입장도 이해가 간다. 보험은 한번 돈 내는 것도 아니고 수십 개월 걸리는 데다가 도와주는 셈치고 한 건 들었다가는 인간관계가 망가지기 십상이다. 그 생돈을 계속 내고 있으면 얼마나 억울한 기분이 들까. 한 달에 한 번, 보험료 빠져나갈 때마다 드는 그 기분을 어떻게 감당하랴.

마지막 약속으로 회사 근처에서 5시에 만나기로 한 친구는 전 직장 거래처 후배였다. 아니, 후배라고 말하고 싶지 않은, 그냥 동생? 그 녀석으로 말할 것 같으면 우리나라 최악의 고객 정보 유출 사건 때 그 정보가 담긴 CD를 빼돌려 잠시 감방에 다녀온 녀석이다. 아마 이 사건 이름만 대면 다들 기억하실 거다. 유출 여부 알아보는 사이트에서 내 정보가 어떻게 되었나 검색해보면 자동차를 모는 대한민국 사람들은 거의 다 유출되었던, 대한민국이 들썩했던 그 사건! 그런데 이 녀석이 자기가 '빵'에 갔다 온 것은 이야기를 안 하고 영국을 갔다 왔다고 '뻥'을 친다.

사실 애가 먼저 연락해왔다. 곧 결혼하는데, 보험이 필요할 듯하니 나한테 보험을 들고 싶다고. 그러고는 꼭 들겠다고 다짐에 다짐을 하는 것이다. 사전에 만나 어떤 상품이 필요한지 상담을 다 했고, 한 번 더 만나서 상품 설명까지 다 끝난 터였다. 오늘은 계약하러 가는 날이었다. 청약서에 사인만 할 수 있도록 준비했다. 식을 올리기 전에 이미 함께 살기 시작했다고 해서, 둘이 달달한 케이크 먹으며 좋은 시간 가지라고 케이크까지 사 가지고 갔다. 혹시 몰라서 약을 치는 것이랄까. 이런 선물 공세면 일단 미안해서라도 사인할 것이라는 꼼수가 깔리긴 했지만 결혼을 축하하는 마음도 한껏 담았다.

그런데 못 하겠단다. 그럴 때 나오는 멘트, 보험 하는 사람들이 속수무책 당하는 멘트가 있다.

"와이프하고 상의하고 연락드릴게요."

너, 연락 안 할 거잖아. 와이프랑 상의 안 할 거잖아. 계약할 마음이 없는, 텅 빈 에너지가 내게 뿜뿜 퍼진다. 다시 정신을 차리고 보니 처음부터 보험 들 의사가 없었다.

그런데 그때 바람이 휙! 불었다. 내 바바리에서 흙냄새가 풍겼다. 아침 9시에 회의하고 바로 뛰쳐나와서 종일 여기저기 나와 함께 돌아다녔던 내 바바리. 그 흙바람을 다 맞은 바바리. 그 냄새를 맡으니까 눈물이 펑펑 쏟아지는 것이다. 케이크를 도로 달라고 할 수도 없고. 투썸 케이크 저 비싸고 맛있는 것, 우리 애들 주면 잘 먹을 텐데 하고 생각하니 울음이 더 터져 나왔다.

창피함이고 뭐고 그냥 그놈 앞에서 꺽꺽대고 어깨를 들썩대며 울었다. 울다가 이게 무슨 꼴인가 하는 생각이 들어 애 얼굴을 흘끗 보니 표정이 이렇게 말한다.

'아. 진짜 피곤하게 됐네.'

정신이 번뜩 차려졌다. 이날 이후 머릿속에 박은 명제가 있다. '사기꾼이 개과천선할 가능성은 0에 수렴한다'고.

물론 사람 일이니 보험을 들려고 했다가 생각이 바뀔 수 있다. 고객의 입장에서 충분히 그럴 수 있다. 딱히 이 녀석의 잘못이라고도 할 수는 없다. 그런데 '내가 보험 들면 꼭 누나한테 들 테니까 걱정 마요' 하며 철석같이 약속했던 터라 좌절이 컸다. 게다가 내 상황이 좋지 않아서 더 그랬는지도 모른다.

무엇보다도 나는 그 녀석의 눈빛이 몹시 맘에 안 들었다. 싱글거리며 웃으면서도 날카롭게 벼린 눈빛이었다. 그렇다고 빛이 나는 것도 아니었다. 보험이 아니라 어떤 일을 하더라도, 억울한 피해자들을 제외하고는 다시는 사기 전과자들과는 절대 거래하지 않겠다는 결심을 했다. 그 결심을 지금까지도 지키고 있다.

돌이켜 보면 참 귀엽기도 하고, 애처롭기도 한 날.

왜 이래, 나 치킨 대학 나온 여자야
-프랜차이즈 닭 회사 수퍼바이저

얼마 전 모 연예 프로그램에 이런 내용이 등장했다.

"우리나라에 치킨 대학이라는 곳이 있을까요, 없을까요?"

정답은?

있다. 내가 그 유명한 치킨 대학 출신이다. 이번엔 제정신으로 들어갔다가 빙구가 되어 나오는 치킨 대학에 얽힌 이야기를 풀어보려 한다. 살아생전 예상치도 못한 닭 회사에 입사한 후 벌어진 이야기다.

대한민국에는 치킨 대학이란 것이 있다. 이 닭 회사는 나름 외식업 쪽에서 업계 1위의 마성을 뽐내며, 신입사원 전원에게 한 달간 치킨을 튀기게 한다. 임원으로 입사해도 예외 없다. 모두 모자를 쓰고, 닭 그림이 새겨진 티셔츠를 입고는 집에도 못 가고 한 달 내내 닭을 튀겨야 한다. 이는 창사 이래 변함없는 회장님의 지시사항이다. 이 닭 회사에서 제공하는 모든 메뉴를 가맹점 사장님들은 물론 전 임직원이 가장 깨끗한 기름과 가장 싱싱한 식재료로 만들어보고 맛을 봐야 고객에게 제대로 팔 수 있다는 회장님의 고귀한 신념이 담긴 것이다.

오전, 오후 가리지 않고 땀을 삐질삐질 흘려가며 생닭을 자르고, 양념하고, 튀김옷을 입히고, 적당히 팔팔 달궈진 기름에 튀긴다. 튀기고, 튀기고, 또 튀기고, 점심밥 준다는데도 너무 피곤해서 안 먹고 숙소에 들어가 잠깐 자고 나온 뒤에 다시 튀긴다. 더 중요한 건 각각 치킨별 공정을 외우는 것이다. 일과가 끝나면 각자 숙소의 책상에 앉아 치킨 만드는 방법을 외웠다. 치킨 대학에서 수학할 무렵 닭 공장에서 어떻게 닭을 손질하고 다듬어서 내놓는지, 그리고 닭도 덩치에 따라 호수가 다른데 그 중에서도 몇 호 닭이 제일 맛있고 어떤 조리법에 쓰이는지에 대해 생생하게 배웠다. 그래서 지금도 마트에 가면 생닭을 고를 때 포장지에 적인 호수를 늘 살핀다.

이렇게 치킨 대학 한 달 과정을 마친 후에는 다시 그 멤버들만 모여서 3주에 걸쳐 본사 교육을 받는다. 애사심에 후끈 불타오른다!

"어서 오세요! 안녕하세요!" 본 회사의 특유의 인사법이다. 고개를 90도로 숙이면서 큰 소리로 이 구호를 외치지 않으면 안 된다. 본사 교육 3주간 나는 완전 맛이 가서 기필코 이 닭 회사의 왕 회장님께 귀여움을 받으며 쭉쭉 뻗어나가 성공하기로 결심했다. 회장님이 시키시면 당원이라도 될 기세였다.

이 닭 회사를 세계 속의 우리 닭집으로 이끌어보려 했단 말이다! 이 원대한 꿈은 본사 근무에 들어가자마자 한 방에 망조가 들었다.

근무 환경이 무지막지하게 열악했다. 이 닭 회사는 커다란 건물 하나를 통째로 쓰고 있었는데, 7월 땡볕에 냉방이 제대로 되는 데가 없었다. 당시 회장실이었던 3층 빼고. 3층은 복도 끝까지 냉기가 퍼졌다. 대신 회사에서 나누어주는 회사 셔츠 하나만큼은 끝내주게 시원했다. 이건 정말 물건이었다. 입은 듯 안 입은 듯, 집에서 담배나 우유 사러 슈퍼에 갈 때도 이 셔츠를 입고 가고 싶을 정도였다. 이 셔츠를 나눠줄 때 비서진이 그랬다. 회장님 지시사항에 퀄리티가 최고로 좋은 것으로 채택하라고 하셔서 신중히 골랐단다. 이 회사는 모든 게 회장님 지시사항이면 끝이다!

하해와 같은 회장님의 사랑과 관심으로 이 건물에 근무하는 모든 직원은 일시에 남녀노소 없이 '왕꽃 선녀님'이 되었다. 회사 셔츠에는 금방이라도 무당이 튀어나올 것만 같은 커다란 원색의 꽃이 한가득 프린트되어 있었다. 회사 근처 술집에 가면 이 왕꽃 무늬의 셔츠를 입은 채 삼삼오오 떼 지어 앉아 술을 마시고 있었다. 밤늦게 고성방가나 노상 방뇨를 하는 모습도 심심치 않게 발견됐다. 소속이 확실한 왕꽃

들의 추태. 이는 분명 셔츠가 너무 편하고 시원해서 그랬던 것만은 아니었다.

사실 이 회사에 들어가게 된 연유가 있다. 근무하던 보험사의 모 지점장님께서 어쩌다 이 닭 회사 계열사 임원으로 스카우트 되었던 것. 이분 또한 입사하자마자 '회장님 지시'로 인재 영입에 돌입했다. 보험 업계에 레이더망을 돌려서 썩 잘 나가는 애들 말고, 좀 똘똘하긴 해도 유효기간(?)이 다 되었거나 현재 영업 실적 커브가 아래로 내려가고 있는 안타까운 인재들에게 컨택을 하기 시작했던 것. 그때 그 레이더에 걸린 사람들 중 한 명이 나였다.

입사를 할까 말까 고민할 무렵이었다. 본사로 나를 부른 그 임원 양반께서 해외 영업팀으로 발령을 내주겠다고 하셨다. 흔쾌히 오케이 사인! 그러나, 뭐니 뭐니 해도 먼저 매장 운영을 익혀야 한다며 나를 가맹점 슈퍼바이저 팀으로 보냈다. 절차 자체에는 옳다는 생각이 들어 불만은 없었는데 아, 하늘도 무심하시지, 우리 팀에는 또라이도 그런 또라이가 없는 아주 상또라이 녀석이 팀장으로 앉아 있었던 것이다. 게다가 우리 팀은 사내에서 업무 강도가 아주 센 편이었는데, 그중에서도 보고 체계가 너무 강력했다. 보고서를 작성하고 회장님 방 앞에서 주르르 줄 서서 결재를 기다리느라 하루

해를 다 보냈다. 업무 단톡방도 기본 서너 개는 됐다. 밤 11시가 넘었는데 팀장은 팀원들 위치와 하는 일을 대라고 단체 카톡을 보냈다. 하다못해 '지금 저 섹스하고 있습니다'라도 보내란다. 그리고 밤새도록 업무 지시까지 한다. 핸드폰이 드륵드륵 울려댔다. 밤새 술 마시면서 내리는 팀장의 업무 지시는 마치 못돼먹은 아이가 고양이 꼬리 잡아당기고 털 뜯으며 괴롭히는 것 같았다.

비단 우리 팀뿐이 아니었다. '회장님, 회장님. 우리 회장님'을 외치며 계열사 사장들이 회장을 중심으로 에밀레종을 쳐댔다. 딸랑딸랑 수준이 아니었다. 다들 서로 줄타기하고 눈치 보느라 바쁘고, "안 되면 되게 하라" "까라면 까라" 구호에 모두 정신줄을 놓고 약 빤 사람들처럼 변해갔다. 상황이 이러니 당연히 업무도 회장 중심으로 돌아간다. 계열사 사장들은 업무 보고 전날이면 관련 직원 모두를 달달달달 볶아댔다. 그때가 바로 일요일 저녁이었다. 월요일 아침 10시까지 회장실 앞에 보고서를 들고 줄을 서야 했기 때문이다.

우리 팀은 토요일 밤 11시까지 가맹점 장사하는 것을 돌아본 뒤에 집에 들어가 겨우 눈을 붙였고, 일요일에도 서류 작업을 하러 나오느라 단체로 돌아가면서 치질에 걸렸다. 입안도 모두 헐었다. 해외 영업은 도대체 언제 하나? 그 팀으로 갈 수는 있는 걸까? 어느 날 밤 11시쯤 퇴근하다가 저 멀리에서 우리 회사 왕꽃 셔츠가 삼삼오오 걸어오는 것을 보았다. 양 손에 들린 야식 봉지가 왜 그렇게 무거워 보이던지. 다시 회사 빌딩으로 발걸음 무겁게 들어가고 있었다. 그때 마음을 접었다. 해외 영업팀 따위……. 저 팀도 매일 똑같구나.

무참하게 쏟아져 내리는 업무 보고에 치를 떨던 어느 주말 아침, 그냥 나는 '에라, 모르겠다'의 심정으로 딸을 데리고 가까운 가평으로 여행을 갔다. 이번엔 진짜 단톡이고 뭐고 일에 관련된 것은 아무것도 안 봐야지 하고 결심했다.

[지금 어딘지 위치 보고 바람]

팀장에게서 미친 주말 카톡이 발사되면 이미 치킨 대학에서 멍청이가 되어 나온 우리 팀원들은

[명일점입니다]

[파주 운정점입니다]

[지금 세종신도시에 와 있습니다]

등등 아주 전국 방방곡곡에서 세밀하고 정성스럽게도 보고들을 하는데, 나만 어떻게 가만히 있으랴. 그중

[지금 집입니다]

를 보내는 용자는 없었다. 그날도 토요일이건 말건 여지없이 팀장이 단톡을 보냈다. 이 사람, 저 사람 콕콕 집어서 업무 지시를 내렸다.

[황 과장은 월 매출 보고 이번에는 월요일 오전 8시까지만 준비해서 내게 제출할 것]

황 과장은 물론 아이와 함께 가평에 가 있는 나다. 오늘은 토요일. 월 매출 보고를 월요일 '오전 8시까지만' 제출해달라고 아주 선심을 쓰듯 이야기했는데, 이건 주말에도 나와서 일하라는 뜻이었다. 이제는 도저히 참을 수 없었다. 이른 아침부터 치킨집이 영업을 마치는 밤늦게까지 우리 딸과 밥 한 끼 제대로 먹을 시간도 없이 옴짝달싹 못 하고 사는, 콘크리트에 갇힌 것 같은 삶이었다. 평일은 내가 백번 양보해서 밤늦게까지 일한다 쳐도 주말까지 이렇게 갉아 먹히고 싶지는 않았다. 그러나 항의할 용기도 없었다. 그 악랄한 팀장은 내가 입 뻥긋하는 순간, 돌을 집어서 일개 개구리인 내게 던질 기세였으니까.

이럴 때는 동기밖에 더 있나. 치킨 대학에서 나와 함께 동료애를 다지며 닭을 튀기던 동기 팀원에게 분노의 마음을 담아 카톡을 보냈다.

[이런 씨발, 이 새끼 지금 나보고 일요일도 나와서 일하라는 거 아냐.]

메시지가 드르륵 울린다.

[야, 황 과장 너 미쳤어? 왜 단톡에다 그걸 보내!]

헉! 순간 얼굴에서 피가 터지는 듯했다. 덜덜 떨리는 손으로 확인한 순간 단톡방에 또 하나의 메시지가 올라왔다. 팀장이었다.

[황 과장님. 지금 뭐 하는 겁니까.]

실수로 팀 단톡방에 메시지를 보낸 것이다. 순간 징징~ 울리는 개인 카톡 메시지들. 나의 단톡방 메시지 투척 사태를 금방 파악한 다른 팀원들이었다.

[과장님, 괜찮아요. 부회장 단톡방에 안 보낸 게 어디예요.]

[황 과장, 진정하고 팀장한테 그냥 무릎 꿇고 사과해. 어쩔 수 없지.]

안절부절못하다 딸을 데리고 가평에서 서울로 도로 올라왔다. 그 길로 출근했음은 물론이다.

퇴사 후, 몇 년 동안 그 회사 치킨은 절대 안 사먹었다. 쳐다보지도 않았다. 트라우마에 속이 울렁거릴 지경이었으니까. 그런데 얼마 전 생일에 카톡 선물 쿠폰을 하나 받았다. '치킨+콜라 1.25L'

아, 이 센스 있는 놈. '10호 닭'이라는 별명을 가진 치킨 대학 동기 녀석이 보낸 것이다. 팔다리가 딱 조리하면 제일 맛있는 사이즈인 생닭 10호 같이 다부진 녀석.

지옥의 닭 회사. 그러나 지금은 내 가장 큰 저력이 되었다. 덕분에 어떤 회사를 들어가도 버틸 것만 같다.

휴먼, 나는 야설 교정 알파고입니다

한때 몇몇 분들이 야설을 써보라고 하신 적이 있다. 아니, 솔직히 말하자면 그런 권유를 무척 많이 받았다. 아마 내가 연애도 무궁무진하게 많이 해보고, 야한 이야기도 잘 알고 있으리라는 추측에서 권하셨을 텐데 아쉽게도 난 그런 야한 소재를 푸는 데에 약하다.

일단 나는 이별의 아픔을 잘 모른다. 이혼의 아픔만 알지. 사랑하는 족족 결혼을 해버린지라, 나의 사랑은 바로 현실로 직행해버렸다. 즉 사랑에 대한 판타지는 싹 발라지고 뼈다귀만 남은 것이다. 그러다 보니 영화 시나리오를 쓸 때도 남녀의 애틋한 사랑 이야기라든가 이루어질 수 없는 사랑에 대한 슬픔을 소재로 하는 최루성 멜로에는 손도 못 댄다. 사랑이란 소재가 내게 다가오면 전격 생활 밀착형 코미디물로 직전직하, 탈바꿈되기 때문이다.

물론 야설이 이런 로맨스물의 기승전결을 갖춘 것은 아니다. 그래도 통상 야설은 각 파트너의 케미가 기본으로 깔린 후에 본 게임이 진행되는데, 신께서 나를 창조하실 때 그것을 묘사하는 능력은 한 스푼도 안 넣어주신 듯하다. 이런 내게 어느 날, 마법 같은 작업 의뢰가 들어왔다.

바로 '웹 야설' 교정 교열!

창작에는 능력이 미치지 못하나 교정 교열 심지어 윤문까지는 해낼 수 있을 듯했다. 감사한 마음으로 작업을 받아들였다. 담당자로부터 첫 원고가 날아왔다. 가슴이 심하게 방망이질을 해댔다. 야동은 몇 번 봤어도 야설까지는 섭렵하지 못했던 까닭이다.

드디어 첫 페이지를 열어보니!

아니, 어떻게 이런 이야기를 만들어낼 수 있지? 세상에 어떻게 이런 소재가 다 있지? 교정 교열 작업을 들어가기도 전에 혹시나 옆 사람이 원고를 훔쳐볼까 싶어 주변을 자꾸 살폈다. 다음 장면이 너무 궁금해 읽는 속도를 높였다. 글자가 그림처럼 미끄러져 내려갔다. 머리에서는 야한 장면들이 뭉게뭉게 떠오르고 결국에는 내 몸도 후끈 달아오르는 것이 느껴지니 도저히 카페 같은 탁 트인 공공장소에서는 이 작업을 할 수 없을 것만 같았다.

혼자(꼭 혼자 살아야만 한다!) 자취하고 있는 여대생이 있다. 학교와 집만 시계추처럼 왔다 갔다 하는 범생이인데, 어느 날 인터넷에서 수술 없이 마사지 서비스만으로도 가슴을 확대할 수 있다는 광고를 보게 된다. 평소 같으면 그냥 넘겨버렸겠지만, 그날만은 이 여대생이 호기심이 생긴 것이다. 수술 없이? 저렴하게? 몇 번 하다가 효과 없으면 말지 뭐, 이런 생각으로 전화를 해보는 그녀.

드디어 가슴 마사지사가 방문을 왔다. 띵동! 벨이 울리고, 문을 열어본 여대생은 깜짝 놀란다. 문제의 마사지사는 배트맨 복장을 하고 얼굴은 마스크로 가린 남자였던 것이다. 나는 이 부분에서 인간의 상상력에 갈채를 보냈다. 여대생은 '어? 이건 아닌데' 하는 생각에 겁까지 났으나 그냥 눈 딱 감고 서비스를 받기로 결심한다.

배트맨은 가슴 마사지 서비스를 성심껏 해낸 후, 여대생의 가슴에서 '우유'를 짜서(이 무슨 생리적으로도 말도 안 되는 일이!) 마시게 한다. 배트맨만이 만들어내는 마법의 우유인데, 이를 들이켜야 가슴이 커진다나. 야설과 더불어 엉뚱하고 징그러운 개그까지 과감하게 양념으로 치는 야설 작가들이시여!

자, 이쯤 되면 앞으로 진행될 내용이 빤하지 않나. 여대생은 정체를 알 수 없는 배트맨에게 가슴 마사지 서비스를 받으면서 사랑이 싹트게 된다. 게다가 나중에는 이 배트맨이 누구인지 밝혀지고, 그 후에도 둘이 오래오래 사랑하면서 행복하게 살게 된다는 해피엔딩으로 마무리되는 이야기다. 그런데 중간중간 너무나 야하다. 이런 야한 디테일들이 불쑥불쑥 살아 있는 이 소설을 어쩔 것인가.

수십에서 수백 편의 야설을 다듬으면서 처음에는 얼굴이 붉어지기도 하고 도저히 작업이 안 돼 중단하기도 했지만, 나중에는 야설 교정 알파고가 되어갔다. 제아무리 야한 소설이 와도 오타, 비문들만 눈에 들어오는 경지에 이르렀다. 심지어는 살짝 틀어서 더 야한 문장으로 바꿔놓기도 했다. 계절이 몇 번 지난 후, 야설을 서비스하던 플랫폼이 문을 닫게 되어 나의 야설 교정 작업도 막을 내렸다. 지금도 그때를 생각하면 경이롭다. 그 수많은, 야하기 그지없는 디테일과 상상력은 다 어디서 왔을까. 나는 죽었다 깨어나도 창조할 수 없는 마의 영역이다. 지금도 머릿속에 춤추고 있는 오조 오억 개의 야한 이야기를 컴퓨터 자판으로 만들어내고 있을 전국 각지의 수많은 야설 작가님들께 진심으로 존경의 마음을 보낸다.

아, 아직도 유리컵에 흰 우유를 따라 마실 때면 우리의 가슴 마사지사 배트맨이 생각나서 잠시 움찔한다. 이런 것이 바로 위대한 야설의 디테일이다!

나, 너희한테 말 시켜도 되니?
-생과일 주스 가게 알바

생과일 주스 가게나 커피 전문점에 갔을 때 '혹시 시럽 필요하시면 옆에 준비되어 있습니다' 내지는 '달게 해드릴까요' 등등의 멘트가 나오면? 그건 음료 공정 하나를 까먹은 것일 수도 있다. 생과일 주스 가게에서 알바를 하면서 경험으로 알게 되었다. '음료 나왔습니다' 하기 전에 아차, 시럽 안 넣었다 싶어서 물어보는 멘트일 가능성이 높다는 것을 잊지 말길.

요즘 새벽 생과일 주스 가게의 오픈조로 일하고 있다. 매장에 와서 불을 켜고, 과일을 잘라서 트레이를 채우고, 포스를 켜고는 장사할 준비를 한다. 새벽부터 시작해 오전 나절까지 일하고 집으로 돌아오면 오후는 잘 활용할 수 있지 않을까 해서 시작한 일인데, 녹록지 않았다. 매장에 왔는데 열쇠를 가지고 오지 않아 초비상이 걸린 일도 있고, 일어나보니 오전 7시라 비 오는 날 미친 듯이 택시를 잡아타 고 간 적도 있다. 한두 번이 아니다. 월급 받아서 차비로 다 쓸 기세.

하루는 초등학생들이 가게에 왔다. 한 명이 "아이스 녹차라떼 달게 해주세요"를 말하니 줄줄이 그걸 주문하더라. 엄마의 마음으로 일부러 시럽을 아예 한 방울만 넣어줬다. 다들 통통해 보여서……. 그런데, 각자 주문한 주스를 받아 쪽쪽 빨면서 재잘재잘 이렇게 떠든다.

"와우, 존나 달아!"

한 3시간 정도 함께 일하는 20대 청년들이 있다.

소녀는 25살. 말하는 모양새가 모두 명령형이긴 한데, 말투만 그렇지 일도 깔끔히 잘하고 부담 없다. 토마토 아래로 내리고 파인애플 들여놓죠, 시재 점검하세요, 그런다. 평소 같았으면 어린 게 어디서 하면서 기분이 나빴을 텐데, 그렇지만은 않다. 그냥 내 스무 살 무렵을 보는 것 같아 짠할 뿐이다. 잘 보니까 어려서부터 야무지게 살아야 했던 것 같다.

소년도 25살, 군대를 갓 제대하고 온 친구다. 이 친구도 담백하게 말이 없다. 요즘 젊은 사람들은 알바할 때 말 안 섞고 일만 하다 바로 칼퇴근 하나 싶어 굳이 살갑게 굴지는 않았다. 그런데 나랑 같이 일하던 소녀가 일 시작 전후로 시재를 강박적으로 점검하기 시작했다. 이상해서 소년에게 물어봤다.

"궁금해서 그러는데 혹시 근무 시작할 때, 끝날 때 다 시재 점검을 해야 하나요? 어제 A씨가 계속 그렇게 하기에 궁금해서요."

그랬더니 그 과묵한 소년이 그때부터 방언이 터졌다.

"아, 얼탱 없어요. 어제도 저보고 시재 점검을 하라는 거예요. 진짜 얼탱……. 2시간 전에 점검한 걸 불안하다고 하고 또 하고. 저 창고에 가 있는데 언제 오냐고 전화하고. 제가 짜증을 잘 안 내는데 어제는 한번 냈어요. 퇴근 15분 전인데……. 아, 존나 얼탱……."

얘야, 너 나랑 멜론 깎으면서도 계속 짜증 냈단다.

오늘 10시부터 12시 30분까지 일하면서, 소년이 열이 받아 방언 터진 것 말고는 계속 침묵 속에 일했다. 젊은 애들은 나이 든 사람이 말 시키는 거 싫어한다고 해서.

현실에서 열심히 사는 20대들과 함께하다 보니 마음이 여간 짠해지는 게 아니다. 나도 20년이 훨씬 지난 지금 그들과 함께 일하고 있지만 말이다. 그래도 부탁 하나만 하겠는데, 나한테 말 좀 시켜줄래?

널 사랑하지 않아. 너도 알고 있겠지만
-영어 유치원 선생님

1995년 무렵, 아버지가 운영하시던 회사가 폭삭 망하는 바람에 가족 모두 나앉게 되었다. 1990년대 학교 분위기상 휴학을 하면 중병에 걸렸거나 집안에 우환이 있는 것으로 소문이 쫙 퍼졌던 터라, 그건 죽기보다 싫어 택한 것이 학원 강사였다. 주경야독 아닌 주독야경의 대학 생활이 시작됐다.

그 무렵 내가 근무하던 학원 원장이 매우 획기적인 클래스를 하나 만들었다. 바로 유치원 영어 반. 당시에는 초등학교에도 영어 과목이 없던 시절이었다. 그러니 유치원 영어는 엄마들이 듣기에도 생소할 수밖에. 정식 오픈 전, 도대체 유치원 영어가 뭐냐며 구름 떼같이 몰려온 엄마들 앞에서 맛보기 강의를 했다. 학교도 가기 전의 올망졸망한 아이들을 데려다 앉혀놓고는 뒤에 서서 흡족한 표정으로 바라보는, 몹시 상기된 표정의 엄마들! 앞에 앉은 꼬마 친구들이 들어먹든 말든 나는 힘차게 혀를 굴리며 있는 실력, 없는 실력 다 꺼내서 쏼라쏼라 했다. 틀리든 말든 난 몰라.

그렇다! 나는 우리나라 유치원 영어의 시조새였던 것이다!

그때의 경험을 복기하며 취직한 영어 유치원. 나는 6세 반 담임이 됐다. 송파구에 있는 유치원이었는데, 건물 한 채를 모두 쓰는 제법 큰 곳이었다. 교육에 임하는 나의 자세는 지난 1995년 '영유' 시조새 시절과는 비교할 수 없었다. 엄마들이 이 유치원에 쏟아붓는 돈이 얼마나 되는지 알아버렸기 때문이다.

교무실에 앉아 있는데 수업료 영수증이 출력되고 있었다. 월 180만 원, 기타 재료비 따로.

"이거 분기별 수업료예요?"

"아니요, 월 수업료예요. 선생님, 이거 그렇게 비싼 거 아니에요."

어떤 아이는 이 유치원에 삼 형제가 다니고 있었다. 아무리 할인을 해준다고 해도 월 500만 원 이상을 유치원에 갖다 바치는 셈. 5세부터 6세, 7세 연년생 아들 셋이라니 계산을 하기도 전에 끔찍해졌다.

아침 9시 전에 출근해 수업 준비를 하고 교실로 내려오면 아이들이 벌써 스쿨버스에서 우르르 내리고 있다. 밝은 얼굴로 굿모닝 인사를 하지만 가방을 내려놓는 아이들의 얼굴은 이미 울상이다. 그럼 나까지 애들이 안 예뻐 보이기 시작한다. 아침에는 어제 유치원 끝나고 뭐 했는지 이야기를 나누는데, 아이들은 하나같이 이런 얘기를 한다.

"엄마랑 같이 공부했어요."

"피아노 학원 갔다가 태권도 갔어요."

"문제지 풀었어요."

맙소사. 기가 턱 막혔다. 아직 화장실에서 혼자 뒤처리도 완벽하지 않은 여섯 살 아이들에게 문제지가 웬 말인가. 동시에 내가 엄마치고 너무 원시인인가 하는 생각에 살짝 자책감이 들기도 했다.

오전 9시 등원 때부터 오후 3시 하원 때까지 아이들은 정말 종일 영어만 듣고 공부한다. 물론 체육 시간이나 현장학습 같은 프로그램도 마련되어 있지만, 그때에도 원어민 선생님과 함께한다. 심지어 믿었던 한국인인 나도 영어로 나불대니 아이들도 엄청 피곤했을 터. 심지어 어떤 아이는 이렇게 묻기도 했다.

"선생님은 한국 사람인데 왜 우리한테 자꾸 영어로 얘기해요?"

아무리 재미나게 진행한다고 해도 외국 교과서를 가지고 외국 말로 진행하는 수업 시간은 아이들에게 버겁고 지겹다. 그러니 자꾸 손들고 "배스룸 플리즈Bathroom, please!"를 외친다. 그래, 나도 지겹던 차에 같이 화장실이나 가자, 가면서 창문으로 바깥 공기나 쐬고 오자 싶어 냉큼 애들을 강의실에

두고 나갔다. 그럼 원어민 선생님도 이때다 하고 보드게임을 펼친다. 그래, 놀자, 놀아. 그 뒤 얼마 되지 않아 CCTV를 통해 이런 모습이 일일이 원장실과 인포 데스크에서 감시되고 있다는 것을 알게 되었다.

수업이 끝나고 아이들을 스쿨버스에 태워 보내면 그때부터는 교무실에서 엄마들과 불꽃 상담 시간이 시작된다. 엄마들은 오늘 우리 아이가 어땠는지, 영어를 곧잘 하는지, 편식은 안 했는지 전화로 일일이 물어본다.

"저희 남편이 의사인데요. 음…… 비뇨기과 의사예요."

"아, 네, 어머니.(그래서 어쩌라고요?) 혹시 따로 궁금하신 점 있으세요?"

"아이가 요즘에 집에서 변을 안 봐요. 그래서 말인데, 아빠가 의사라고 했잖아요."

"네(그놈의 의사 타령, 끙)."

"아이 아빠가 애 건강을 체크할 수가 없네요. 그러니까 선생님께서 우리 ○○이, 화장실 가서 변 보면 그것 좀 지퍼락에 넣어서 보내주세요."

"네?"

"네, 보내주세요."

순간 귀를 의심했다. 이 동네가 이상한 건지, 아니면 내가 세상을 그동안 잘 몰랐던 것인지. 원래 유치원 선생님은 이렇게 애들 똥도 고이고이 잘 싸서 집으로 보내줘야 하나? 그 길로 영어 유치원을 그만뒀다.

사명감을 가지고 열심히 일하고 계신 선생님들에게는 미안하다. 하지만 나처럼 아이들 보육 자격증도 없이 영어만 나불나불할 줄 아는 사람이 영어 유치원 선생님이 되는 경우가 더러 있다. 아이들을 사랑할 준비가 되어 있지 않은 선생님인 것이다. 이것이 현실이다. 아이들은 어디를 가든 낮에도 밤에도 사랑을 받아야 한다. 그런 면에서 나는 부적격자였다. 솔직히 말해서 나는 우리 반 아이들을 사랑하지 않았다. 나만 그랬을까? 수업이 끝나 교무실에 앉아 있으면, 선생님들은 모여서 특정 아이들과 그 엄마를 욕하기에 바빴다. 물론 나도 우리 아이 똥 좀 포장해 갖다 달라던 의사 마누라를 도마 위에 올려놓고 열심히 씹어댔다. CCTV가 아이들의 안전이 아닌 선생 감시용으로 활용되는 이곳에서는 서로를 이렇게 위로할 수밖에 없었다. 영어 유치원을 이렇게 엉망진창으로 운영하고 있는데도 엄마들은 열광하며 한 달에 200만 원 되는 돈 이상을 척척 갖다 낸다.

물론 전국의 모든 영어 유치원이 다 그렇지는 않을 것이다. 그러나 속사정을 직접 목도하게 된 이상, 아들을 유치원에 보낼 때도 훨씬 더 조심스러워질 수밖에 없었다. 내가 밖에 나가서 일하는 동안 아들을 돌봐주시는 또 다른 워킹맘인 엄마 선생님들은 말 그대로 천사셨다. 아들이 나랑 떨어져 있는 낮에도 사랑받고 있는 것이 느껴졌다. 나는 아들이 제발 유치원에서 똥은 싸지 않기를 속으로 기도한다. 선생님도 사람인데, 남의 집 애들 똥 치우는 건 싫을 것이다. 그런데 그 남의 집 애들 똥도 '자발적으로' 척척 치워주고 밥도 먹여주는 분이 바로 유치원, 어린이집 선생님들이다. 존경한다. 진짜로 존경한다. 그리고 안쓰럽고 고맙다. 말 그대로 쓰레기 선생이었던 나를 돌아보니 피식 웃음이 날 정도다.

나는 그냥 그 사교육 난장판에서 조용히 빠져나와 사라져 주는 것이 부모들을 돕는 일이었다.

도대체 작가는 언제 되는 건가요?

8년 전. 우리 아들 만두도 태어나기 전이다. 비가 엄청나게 내리던 어느 여름날, 나는 한겨레 문화센터의 편집반에 들어섰다. 마흔이 다 되어 처음으로 내가 진짜 하고 싶은 일을 하려고 움찍거리던 시기.

내가 하고 싶은 일은 바로 글쓰기였다. 왠지 모르게 시는 나에게 맞지는 않는 듯했다. 그냥 막연히 소설, 아니 소설 형식을 갖춘 긴 글을 쓰고 싶었다. 그래서 글을 쓰려면 책을 만드는 법을 알아야 한다고 생각했다. 아둔한 듯했지만 돌이켜보면 꽤 기특한 발상이었다. 책을 만드는 사람들의 머릿속 메커니즘을 알고 그에 맞춰야 내 원고가 채택이 되어 책으로 나올 테니 말이다.

하지만 아는 것과 행하는 것은 하늘과 땅 차이였다. 그로부터 얼마 지나지 않아서 나는 그저 평범한 사람이었다는 것을 알게 되었다. 스티븐 킹 같은 글쓰기 천재라고, '이 사람 글 진짜 재밌다, 쇼킹하다!'는 찬사에 휩싸일 줄 알았는데, 글을 잘 쓰는 사람은 세상에 너무나 많았다. 어린 시절 글깨나 쓴다고 이리저리 불려 다니며 글짓기 대회를 휩쓸었던 백일장 키드는 기가 팍삭 죽은 채로 뒤안길로 넘어갈 준비나 하고 있어야 했다.

한겨레 문화센터를 수료한 뒤 벌써 몇 해가 지났다. 대통령도 바뀌었다. 내 삶에 아이도 한 명 더 생겼다. 중간에 출판사에서 걸려온 "책 한번 써보실 생각 있으세요?"라는 전화를 받은 적이 있었다. '한번'이 아니라 '백 번'이라도 쓰고 싶지! 이제 풀리는 건가 싶어서 환호성을 질렀지만 중간에 계약이 파기되는 불운도 겪었다. 진짜 내 이름 걸고 책 한 권 나왔으면 소원이 없겠는데, 왜 그렇게 연이 닿지 않는지 알 도리가 없었다.

결론은 부족한 실력 때문이라는 생각에 하루도 빠짐없이 글을 썼다. 하루하루 삶을 기록하는 것 그 자체가 나에게는 살기 위한 인공호흡이었다. 이런 나를 보고 책이 무에 그리 중요하냐고, 왜 그런 것에 목숨을 거는지 모르겠다고 고개를 절레절레하는 이들도 있었고, 글 가지고 '관심종자' 짓 그만하라는 이야기도 수없이 들었다. 그런 이야기는 네 일기장에나 적으라며 말이다.

이래저래 10년 가까운 세월을 관통하면서, 그리고 이번에 이 책을 정리하고 다시 쓰면서 뼈저리게 알게 된 것이 있다. '작가가 되는 것'이 어려운 것이 아니라 '글을 쓰는 것'이 어렵다는 것이다. 글의 구조나 단어 선택 같은 이런 기술적 문제를 이야기하는 것이 아니다. 머릿속에 든 생각이 번개처럼 치고 나와 청산유수처럼 흘러 명문장이 되는 희대의 천재들도 분명 있을 것이다. 그러나 나 같이 평범한 자는 어떤 재료를 써서 얼마나 발효시키고 난 뒤라야 읽기 좋게 곰삭은 문장을 내놓을 수 있을지에 대한 분별력과 용기를 갖는 것이 중요하다. 아, 이것도 정답은 아니다. 사실 아직도 잘 모르겠다. 다만 지금이나마 명확히 알게 된 것은 단지 이것뿐이다. 글쓰기는 너무나 어렵다는 것.

이제 내 이름 석 자가 박힌 책을 내고 싶다는 바람은 삶의 최종 목표에서 물러났다. 그러기에 인생은 너무 기니까.

평소 우스갯소리로 "돈 되는 것은 다 씁니다"라고 조동아리를 놀리고 다니는데, 그 말도 맞다. 명함에도 여봐란듯이 파버렸다. '세상의 모든 글 쓰는 사람.' 재주 많은 원숭이도 나무에서 떨어진다는 말도 참 많이 들었는데 돈 벌겠다고 닥치는 대로 이 일 저 일도 해보고 별의별 일을 다 겪다 보니 진짜 '모든 글', 다 써드리게 생겼다.

글감은 충분하니 그중 하나 골라서 불륜 스토리도 제대로 살 떨리게 쓸 수 있고, 반대로 종교 홍보물 스크립트도 경건한 마음가짐으로 얼마든지 써드릴 수 있다. 블로그로 아기 장난감 살균제 홍보글 또한 얼마든지 정성껏 써드린다. 세상의 많은 사람에게 내가 쓰는 글이 끊임없이 필요했으면 좋겠다.

왜 나는 안 풀리는 거야, 도대체 어떻게 살아야 하는 거야 하면서 내색은 못 하고 속으로만 아등바등하며 살 때가 있었다. 그때 내 눈길에 걸린 짧은 글 하나 소개하려 한다. 우연히 페이스북을 하다 스쳐지나간 이름 모를 만화에 있던 문구였는데 어찌나 마음에 박히는지. 이 자리를 빌어 누군지 모를 작가님께 감사의 마음을 전한다.

결과는 애타게 기다릴 때 결코 쥐여주지 않는다. 모든 것 다 포기하고 허허로우면 슬그머니 자기가 뒤따라와 뒷주머니 구멍 난 틈을 찾아 저절로 꽂히는 것이다.

도대체 작가는 언제 되는 걸까요?

제 5장.

굿'바이

이승 to 저승 익스프레스

『술통』 장승욱 님을 기리며

내가 이 세상 최고의 저서로 치는 것이 있다. 이 책을 읽지 않고는 결코 인생을 논할 수 없는 책, 바로 장승욱의 『술통』이다. 잡지 「페이퍼」에 6년여 동안 연재했던 '취생록'을 한데 모아 책으로 묶어낸 것이다. 나는 '취생록' 시절부터 열독해 온 장승욱 선생의 열혈 사생 팬이다.

취생록醉生錄, 말 그대로 취해 사는 인생의 기록이다. 엄청난 애주가였던 작가가 처음 술을 마시던 때부터 시작해 술과 함께했던 인생의 모든 빅 3, 빅 5 사건들을 정갈한 모둠으로 구성해 이야기를 풀어간다. 읽으면서도 계속 꿀꺽꿀꺽 침 넘어가게 하는 술 냄새 펑펑 나는 글솜씨는 기본. 허구한 날 몰려다니며 오뎅을 안주 삼아 술을 퍼 마셨던 대학 시절 '오뎅파' 5인방 이야기 하며, 세종문화회관 분수대에 뛰어들고, 간판 떼어 나르고, 시계를 풀어 던지는 등등 주기적으로 생산된 취중 에피소드는 단 한 번이라도 취해본 적이 있는 사람이라면 공감하지 않을 수 없다. 그중에서 무엇보다 인상적이었던 건 학교를 졸업하고 다들 머리에 희끗희끗하니 눈이 내려앉을 무렵 나간 동창회 에피소드였다. 동창회 다음 날, 친구의 황당한 부고가 들려온다.

15층에 있는 자기 아파트 베란다에서 줄도 없는 번지점프를 시도하면서 그 녀석은 이런 생각을 했을까. 아, 인생은 너무 지겨워, 견딜 수 없이.

–장승욱, '세 편의 죽음', 『술통』, 박영률 출판사, 2006, p287.

장승욱은 오로지 술 마시는 이야기 하나만으로 책을 읽는 사람들을 울리고 웃긴다. 물론 음주에 얽힌 무용담이야 세상에 잔뜩 널렸다. 그러나 그것을 이렇게 보석같이 꿸 수 있는 사람은 그다지 많지 않을 것이다. 술을 마시든, 처먹든 간에 철학과 소신이 있어야 한다. 그래야 자유롭다. 장승욱은 과연 자유로운 주신酒神이었다.

술을 본격적으로 처음 마신 것은 대학에 들어가서였다. 그때만 해도 학교 앞에서 그냥 이름만 '밀주'라 붙인 것을 팔았다. 그냥 시판 막걸리를 찌그러진 노란 주전자에 붓고 돈 조금 더 붙여서 내놨던 것 같다. 이름이라도 은밀하고 위대하게 '밀주'라고 붙여서. 이때 밀주가 든 노란 주전자는 꼭 찌그러져 있어야만 한다. 그래야 술맛이 난다!

그 밀주를 선배들과의 첫 만남에서 밥그릇에 받았다. 대학만 들어가면 꼭 다이어트에 성공할 것이라 굳게 다짐했는데.

나는 술이 다이어트의 주적임을 감지하고는 한 방울도 입에 대지 않았다. 선배가 따라주는 첫술인 밀주도 입에 대는 척했다가 들키는 바람에 찍혔다. 현재의 나를 아는 이들이라면 다들 입 쩍 벌리며 놀랄 테지만, 그 후로도 "저는 술을 못 마셔요"라는 말로 쥐새끼 고양이 피해 다니듯 이리 빠지고, 저리 빠지고, 모임에도 나가지 않았다.

그러나 얌전한 고양이가 냉큼 먼저 부뚜막에 오른다 했지. 방학, 기나긴 대학의 여름방학 동안 나는 사랑에 빠졌다. 군대 갔다 와서 복학을 준비하던 사람이었다. 그는 정말 술을 사랑했다. 술이 맛있어서 마시는 사람이었다. 안주는 늘 노가리 아니면 두부김치. 예쁜 여자 친구를 위해 좀 더 맛있는 것을 사줄 수도 있으련만. 살만 찌고 맛은 쓴 술을 왜 저렇게 마시나 했는데, 과연 마셔보니 술은 맛으로 마시는 것이 아니었다. 칼로리도 계산할 바가 아니었다. 술은 영혼으로 마시는 것이었다. 방학 동안 매일매일 만나서 술을 마셨다. 낮술 밤술 가리지 않았다. 술은 물과 분자가 달라서 몸으로 쪽쪽 흡수도 잘된다. 배부르지도 않다. 입으로 마시는 것이 아니고 영혼으로 마시는 것이기 때문에 그렇다.

그가 내 인생에 하나 심어놓은 것이 있다. 술은 남기면 남겼지 모자라게 마시는 것이 아니라고. 그래 봤자 또 시킬 거니까 그냥 초장부터 넉넉히 시켜서 천천히 나눠 먹고 가는 거라는, 너무나 일리 있고 타당한 음주 원칙을 심어주었다. 나는 20년이 훨씬 지난 지금까지도 그 원칙을 성실히 지키고 있다. 넉넉하게.

그는 내게 술을 가르쳐주고 이내 떠났다. 그 사실을 도저히 받아들일 수가 없었다. 너무나 가슴이 아픈 나머지 아침에 일어나는 것마저 고통스러울 정도였다. 겨우 스무 살짜리 여자애 가슴이 얼마나 불타올랐던지, 까맣게 재가 되어 남은 자리는 여전히 뜨거웠다. 그가 그리울 때마다 그와 함께 술을 마시던 곳을 순례했다. 미친년처럼 술집을 돌았다. 혹시 그가 와 있을까 봐. 우연히 마주친 척하면서라도 그를 보고 싶었다.

한번은 수유동 성당 앞 호프집에서 혼자 맥주를 마시고 있었다. 빽빽하게 메마른 노가리를 대가리부터 부러뜨려 입에 물고. 긴 롱코트를 입고 두툼하게 목도리를 둘렀어도 참 추웠다. 털장갑을 끼고 맥주잔을 들었던 기억이 난다.

혼자서 500cc 맥주잔으로 한 열 잔은 넘게 마셨나 보다. 갑자기 딱! 눈앞으로 번개가 번쩍 지나갔다. 고개를 들어 쳐다보니 겨울 찬 바람 기운이 채 가시지 않은, 코트를 입은 아저씨가 서 있었다. 가방을 들고 있는 품새가 퇴근길에 맥주 한 잔하러 들어온 것 같았다. 나를 보고 실실 웃으며 이런다.

"어디 건방지게 어린 여자애가 혼자 술을 마셔, 응?"

"미성년 아니에요."

"성년, 미성년이 어딨어. 여자가 왜 혼자 술을 마셔."

그땐 그랬다. '혼술'이라는 단어조차도 없던 시절이었으니. 혼자서 마신 술이 과했는지, 내 대갈통을 후려갈긴 아저씨 때문에 충격을 받았는지 그날 밤 숙취로 엄청나게 고생했다.

내 생애 첫 술병이었다. 누워 있어도 머릿속이 빙글빙글 돌았다. 너무 어지러워서 일어나 앉으면 토할 것 같았다. 끊임없이 토하는데 위액이 점점 초록색으로 변해갔다. 파충류 외계인들의 피가 초록색이라는데 혹시 내가 피를 토하고 있는 건 아닐까 생각이 들었다.

그렇게 밤을 샜다. 구토 증세는 좋아질 기미가 없었지만, 그래도 해가 밝으니 기분상 좀 나은 듯했다. 계속 억억대다가 세상에! 깜짝 놀랐다. 내 입에서 파란 물, 아주 새파란 색의 물이 나오는 것이 아닌가. 사람의 체액이라고는 전혀 느껴지지 않는, 공장에서 제조된 화학약품 같은 새파란 물이었다. 그렇다. 술병의 끝은 '파란 물'이었다. 한없이 파란 물을 내장의 끝에서 끌어 올린 뒤에야 무시무시한 술병에서 탈출할 수 있었다.

훗날 장승욱의 『술통』을 읽기 전까지 이 사실은 비밀에 부치고 있었다. 사람들에게 이야기해봤자 안 믿을 것이 뻔했기 때문이었다. 그런데 술통 장승욱은 내가 알고 있는 비밀을 고스란히 알고 있었다! 신기했다. '우리'만 알고 있는 사실이었다. 파란 물을 토한 '우리들'! 그는 새파란 색깔의 물을 토했던 일을 너무나 사실적으로 써냈다. 대단한 사람이었다. 웬만큼 토하지 않으면 눈으로 못 볼 그 액체! 꼭 장승욱 씨를 직접 만나 술을 한잔 청해야겠다고 결심했다. 양변기에 집어넣는 변기 세정제의 그 제대로 된 파란색이 내 몸에서 만들어진다는 것을 아시는 그분. 그 뒤로 한동안 사느라 바빠 그를 잊었다. 물론 가끔 그의 저서 『술통』은 심심할 때마다 뒤적였지만, 그를 만나서 술 한잔할 생각은 감히 할 수 없었다.

2012년. 글을 쓰기로 결심한 해다. 그동안 돌고 돌아 느린 걸음으로 왔지만, 그래도 이제는 정말 하고 싶은 일을 해야겠다고 마흔 살 먹어 결심했다. 처음 기획한 책이 바로 여자가 쓴 『술통』이었다. 활어 같이 펄떡이는 음주의 추억들은 쓰지 않고는 못 배길 정도였다. 물론 그 원고는 아직 주인을 못 만난 채 컴퓨터에 고이 잠자고 있지만. 그 길로 장승욱 씨를 수소문하여 박영률 출판사의 주간으로 근무하셨던 것까지 알아냈다. 그런데 본격적으로 그를 찾기 시작한 바로 몇 달 전에, 투병 생활을 하시다 세상을 떠나셨다는 슬픈 소식이 들려왔다. 과연 그는 최상의 주도 9단 열반주涅槃酒의 경지를 이루시고 또 다른 술 세상으로 가시고야 만 것이다. 조금만 더 일찍 찾아야 했다는 아쉬움과 동시에 진정한 두주불사斗酒不辭계의 화신이 되신 시인 장승욱 님의 삶에 경외감이 들었다. 나 또한 남은 한 생, 더 마시고 싶을 때 즐겁게, 맛있게 마시고는 그의 자취를 따라 알알이 글로 남겨야겠다는 결심을 다지게 되었다.

비가 온다.

이런 날은 어떤 안주가 제격이려나. 김치전도 좋고, 파전이야 비 오는 날 붙박이 안주이니 더 좋다. 아니면 추억의 노가리를 구워 대가리까지 함께 먹어버리는 것이다. 그러는 것이다. 비 오는 날엔.

나는 전원으로부터 소주를 한 잔씩 받아 마시고 / 무수한 폭탄주 공격을 거치고도 살아남았다 / 그때는 그도 나도 살아남았다 / 그러나 지금 그는 없다 / 따뜻하고 유쾌한 추억 몇 장과 / 세상에서 가장 큰 무덤을 남기고

– 장승욱의 시 「박영석 대장」 중에서

멋쟁이 105호 아주머니의 라일락엔딩

예전에 살던 아파트 1층에 멋쟁이 아주머니가 계셨다. 키가 아주 작고 다리를 절며 걸어 다니셨지만, 옷 색깔이 얼마나 화려한지 오렌지색, 흰색, 노란색 등등…… 아주머니가 지나가면 안 쳐다볼 수 없었다. 볕 좋은 날에는 챙이 넓은 모자를 쓰고 원피스도 색깔 맞추어 입으셨다.

만두가 태어났을 무렵, 내가 아직 새빨간 아가를 안고 다니면 한참을 들여다보시며 그렇게 예쁘다면서 감탄을 하셨다. 그러면서 꼭 하시는 말씀이 있었다.

"내가 다리가 이래도 딸 다 키워냈어요. 아기 볼 사람 찾으면 나한테 연락해요."

장성한 따님이 있었나 보다. 자랑스러운 목소리로 이래 봬도 내가 딸 다 키워냈다며, 맡겨만 주면 아가 잘 돌봐줄 수 있다며 연락하라고 신신당부를 하셨다. 아기 보시는 아주머니까지 들일 여력이 없던 나는 매번 어색하게 웃으며 "네" 하고 넘어갔다.

어린이날이었다. 그날따라 날씨가 엄청 맑았다.

볕이 좋아 현관 밖으로 나왔는데 그 아주머니가 우리 집이 있는 맨 꼭대기 12층으로 올라와 계셨다. 왜 1층 사는 아주머니가 여기까지 올라오셨나 했다. "안녕하세요"라고 인사는 했지만 우리 집 호수랑 전화번호를 적어드린 것이 못내 꺼림칙했다. 요즘 세상에 생각도 못할 별별 일들이 다 벌어지는 터라……. 좀 있다 밖으로 쓰레기를 버리러 나갔다가 그만 기절할 뻔했다. 아주머니께 인사드린지 몇 분 흐르지도 않았는데, 그 사이 아주머니는 이 세상 사람이 아니게 된 것이다. 키가 작으셔서 커다란 화분을 뒤집어놓고 그 위에 오르셨나 보다. 우리 집 복도 옆 창문에는 화분만 덩그러니 남아 있었다. 내려다보니 아파트 입구 지붕이 피로 빨갛게 물들었다. 각 동 수위 아저씨들이 다 모여서, 주변에 웅성웅성 모인 사람들에게 '저리 비키세요'를 반복하며 끊임없이 호스로 물을 뿌려 올렸다.

"어버이날 앞두고 딸이 왔었나벼. 음청 싸우는 소리 들렸다는디."

"그 딸이 아줌니 딸도 아니랴. 아저씨 전처 딸인데 그렇게 잘했다대."

모여 있는 사람들은 모두 한 마디씩 아주머니에 대해 알고 있는 정보를 방출했다. 아직도 왜 투신하셨는지 정확한 이유는 모른다. 자신만만하게 이래 봬도 내가 딸 다 키워냈다던 아주머니의 모습이 떠올라 마음이 서늘해졌다. 1층에서 12층, '땡' 소리 나는 엘리베이터에서 내릴 때까지 아주머니 머릿속에 어떤 수천, 수만 가지 생각이 지나갔을까. 그 일이 있고 나서는 엘리베이터 탈 때 자꾸 그 집을 쳐다보게 되었다. 아주머니가 안 계신 105호를.

며칠 뒤 105호 앞에 쓰레기가 나왔다. '생활' 쓰레기 20리터짜리. 그 며칠은 가족들이 아주머니를 저승으로 보내드리는 기간이었을 것이다. 기분이 묘했다, 당연한 일인데도. 어떤 사람은 스스로 세상을 져버려 이 땅에서 사라졌지만, 나머지 사람은 또 살아야 하니.

그냥, 갑자기 그날이 생각난다. 라일락 향기가 짙었던 어린이날.

너 생각하며 썼어, 임마-풋사랑을 기억하며

대학 다닐 무렵, 나는 우리 동네 비디오 가게 단골이었다. 그날도 비디오를 두세 개 들고 반납하러 가는 중이었다. 그런데 저쪽에서 비디오를 대여섯 개 정도 들고 오는 강적이 있었으니……. 마주친 순간 우리는 둘 다 그 자리에서 얼어붙었다.

중학생 때 우리 반 반장이었던 남자애였다. 별로 멋있지도 않고 커다란 잠자리 안경에 말도 어눌하게 했지만, 머리가 명석하고 공부를 잘해서 늘 반장 자리를 놓치지 않았다. 내가 먼저 한눈에 반해서 좋아했었다. 걔는 생일이 7월 2일이었고, 나는 7월 4일이었다. 그래서 학교 앞 '크리아트 선물의 집'에서 선물을 사서 맡겨놓으면 그 애는 하굣길에 들러서 그것을 찾아갔다. 이틀 뒤 내 생일에는 반대로 그 애가 내 선물을 같은 가게에 맡겨놓았다. 일 년에 한 번. 너와 나의 암호말, 우리 둘만 아는 수줍은 이벤트였다. 우리는 누가 먼저랄 것도 없이 '술 한잔'을 청했다. 각자 집 번호로 전화를 해서 정확한 시간과 장소를 정하기로 했다. 있어봤자 삐삐 정도만 있던 시절이었다. 그 애는 대한민국 마지막 방위였기에 한 주 마친 다음 금요일 저녁에 우리 동네 4.19탑 사거리에 있는 '러쉬모어'라는 호프집에서 만나기로 했다. 그래 봤자 기껏 5~6년 정도 만에 만난 것이지만 할 이야기가 많았다. 중학교를 졸업하고 그동안 어떻게 살았는지, 대학교 전기 입시에서 떨어지고 재수하기 싫어 후기로 광운대를 갔던 이야기며, 롯데리아에서 아르바이트 하다가 만난 예쁜 여자 친구 이야기, 집 근처 덕성여대에서 직원으로 오래 근무하셨던 아버지 이야기까지. 입담이 썩 좋은 녀석이 아니어서 아주 재미나진 않았지만 그래도 듣기 편했다.

다음 주 금요일에도, 그다음 주 금요일에도 만났다. 각자 남자 친구와 여자 친구가 있었고, 이성으로서의 호감이 있었는지도 잘 기억 나지 않지만 어쨌든 금요일 저녁은 일 끝난 뒤에 이 친구를 만나는 일정이 당연해졌다.

그런데 별 무리 없이 순탄하게 지내는 술친구였던 우리 사이에 복병이 하나 있었다. 다름 아닌 술값, 돈이었다. 나는 대학교 1학년부터 졸업 때까지 내내 학원 선생님, 혹은 과외 알바를 하고 있었다. 1990년대 중반에 월 80만 원을 벌었는데, 그 돈은 내 용돈도 하고, 한 학기 학비도 충당하고, 친구들과 함께하는 술자리에서 가끔은 한턱 낼 만한 정도였다. 반면 이 '마지막 방위'는 무슨 돈이 있겠나. 있어 봤자 부모님께 받은 용돈 정도였을 터라, 손이 큰 나는 그냥 내가 눈 딱 감고 내고 말지 하는 심산이었다. 그러나 한 주 한 주 시간이 지날수록 점점 약이 올랐다. 자기 비디오 빌려볼 돈은 있고 내게 술 한잔 사줄 돈은 없어? 내가 계속 사주니까 이제 아주 당연한 줄로 아네. 학교 끝나고 날마다 저녁 늦게까지 학원에서 목이 쉬도록 일하면서 번 돈인데 말이야. 목요일이 되자 당연하다는 듯이 그 친구한테서 전화가 왔다.

"내일 우리 만나는 거지? 러쉬모어?"

"아니, 잘 모르겠어."

"왜, 무슨 일 있어?"

"이젠 술 네가 사."

"어, 나 이번 주 돈이 없는데."

"그럼 됐어. 이번 주는 안 만나는 거야. 돈 생기면 전화해."

그렇게 퉁명스럽게 전화를 끊었다.

그다음 주가 되었다. 설마 그 정도까지 말했는데 돈을 안 구했을까 싶었지만 전화가 없었다. 그래도 삐칠 대로 삐쳐 있던 나도 빈정이 상해 연락을 안 했다. '오늘은 내가 산다', 이 말이 나올 때까지 절대 먼저 연락을 하지 않을 작정이었다.

또 한 주가 지났다. 그래도 연락이 없었다. 이젠 슬슬 미안해지기 시작했다. 내가 잘못했나 싶었다. 그래, 아무리 그래도 돈 생기면 전화하라니 인간적으로 좀 심했지. 오만 가지 생각이 다 들었다. 혹시 걔네 아버지가 직장에서 잘리셨나. 그래서 애들한테 용돈도 못 주시는 건가. 살짝 마음이 급해져 전화기를 집어 들었다. 신호가 한참 가다가 딸깍 누군가가 전화를 받았다. 그 친구 엄마였다. 어머니는 내가 그 친구랑 중학교 때 잠시 풋사랑을 나눈 것을 아셔서 당연히 내 이름도 기억하고 계셨다. 그런데 아주머니께서 영 말씀이 없으셨다. 수화기 접촉이 안 좋은 줄 알고, 전화선을 수화기에 꾹꾹 밀어 넣었다.

"우리 준석이가 잘못됐어." 순간 깜짝 놀랐다. 잘못됐다니? 이 자식, 군대에서 방위라고 까불다가 다리라도 다쳤구나 싶었다. 너무 놀라 나도 모르게 목소리가 커졌다.

"네? 뭐라구요?"

"우리 준석이가 잘못됐어."

답답하게 자꾸 잘못됐다고만 말씀하셨다.

어머니 입으로 자식이 '죽었다'는 이야기를 차마 꺼내기 어려우셨을 것이다. 다 큰 아들, 귀한 아들 상 치르고 오는 길이라고 하셨다. 어머니는 전화기를 붙들고 한참을 우셨다. 나는 뭐라 위로의 말도 못 한 채 한참을 머뭇거리다가 전화기를 끊었다. 준석이 어머니는 괜찮으니까, 부탁이니까 꼭 집으로 놀러 오라고 신신당부하셨다. 아들의 풋사랑이었던 여자애나마 만나보고 싶으셨던 것인지.

그 주 금요일 밤을 어떻게 보냈는지 모르겠다. 아무리 방위라도 군대는 군대인지라 녀석도 추운 겨울밤에 보초를 섰다고 한다. 그런데 갑자기 입에서 거품을 물면서 툭 쓰러졌단다. 그리고 다시는 일어서지 못했다고. 옆에 함께 있던 동기가 깜짝 놀라 막 흔들었을 때 이미 눈동자는 넘어가서 흰자위밖에 보이지 않더란다. 이 이야기를 전하던 중학교 동창놈들은 하나같이 침 튀기며 그랬다. 군대에서 죽으면 개죽음이라고. 개값도 안 된다고. 군대 갔다 온 놈들이라면 다 아는 거라며, 분명 이거 뭐 있다고 했다. 자기네들은 운이 좋아 살아남은 거라며 소주잔을 깨질 듯 부딪쳤다.

마지막 전화에서 준석이가 나 오늘도 돈 없다고 했을 때, 그럼 이번만 내가 살 테니까 다음엔 네가 사라고 말했어야 했다. 그때 얼굴을 봤어야 했다. 이 아이가 다음 주, 다다음 주에 죽을지 나라고 알았을까. 너무 깊은 후회만 남았다. 사는 동안 최초로 겪은 친구의 죽음이었다. 그 아이가 손을 펴서 얼굴을 쓰다듬듯 안경을 올리던 모습이나, 비염 때문에 목소리가 맹맹했던 것까지 여전히 세세하게 기억이 난다.

지금 앞에 앉아 있는 사람에게 잘하자. 있을 때 잘하자. 길

떠나고 나면 소용없다. 지금 여기, 이 시간 함께 있는 사람에게 최선을 다하자. 그때부터 내가 살아가는 데에 가장 큰 기준이 이것이 되었다.

오늘도 크고 작은 별들이 여기저기에서 질 것이다. 어느 하나 중하지 않은 것이 없다. 유명 정치가의 죽음이라고 대단한 사건이고, 옆집 할머니의 죽음이라고 가벼운 일로 가름할 일이 결코 아니다. 오늘은 내게 삶의 큰 원칙 하나 남기고 간, 스물두 살 젊은 나이에 세상을 떠난 이 친구가 떠올랐다. 그의 죽음은 내 삶에 엄중하게 떨어진 큰 사건이었다. 그런데 매번 다잡는다고 하는데도 자꾸 놓친다. '있을 때 잘하자'라는 원칙 말이다, 자꾸 놓친다.

준석이가 딱 한 번 우리 집에 놀러 온 적이 있다. 엄마 아빠가 집을 비운 현충일이었다. 동네 골목길에 장미꽃이 활짝 피어 있었다. 애가 올 때를 기다리면서, 만개한 장미꽃을 설레며 바라봤던 것이 기억난다. 요즘은 우리나라도 날이 더워졌는지 장미가 5월에 핀다. 언제 피든지 장미만 보면 생각나는 준석이. 앞으로도 내 삶에서 장미라는 함수의 x값에는 다른 어떤 것도 치환될 수 없을 것 같다.

자택에서 숨 쉰 채 발견

'인생' 한의원을 만났다. 허리가 아파서 이대로 놔두었다가는 큰일 나겠다 싶어 간 한의원이었는데, 한 사람 한 사람 문진을 아주 세세히 해주시는 것이 마음에 들었다. 허리 외에 몸 불편한 곳을 이야기해보라기에 다 털어놓았다. 조금만 피곤하면 올라오는 방광염, 봄이면 어김없이 괴롭히는 알레르기성 비염, 그리고 가끔 새벽 꿈결에 온갖 걱정이 갑자기 몰려와 숨이 가쁘고 몸이 타들어 가는 듯한 작열감에 잠이 깨는 것까지 말씀드렸다.

"그 증상, 언제부터 있었나요. 혹시 계기가 있으신가요."

2011년부터 발현된 증상이다. 온갖 악재가 다 겹쳤던 그 해. 또렷이 기억한다.

당시 보험 영업을 하고 있었다. 친구가 남편 보험을 추가로 들면서 '남편 교육 잘 시켜놓겠다'며 따로 만나는 것 없이 그냥 자기가 서명하겠다고 했다. 친구의 남편을 따로 만나서 상품 설명을 하고 자필 서명을 받는 것이 마땅한데도, 나는 걱정이 되면서도 설마 하는 마음으로 청약서를 작성했다. 무엇에 그리 홀렸는지……. 워낙 성정이 쫄보라 자필 서명 이런 것 굉장히 잘 지키는 사람인데 그날따라 이상했다.

월요일 아침. 서류를 만들고 나서 회사에서 가입자에게 확인 전화가 간다. 통화만 무사히 잘 마치면 계약이 성사되는 타이밍이었다. 그러나 교통사고도 그렇고, 이런 일생일대의 실수는 마치 귀신에게 홀리듯 걸려든다. 친구의 남편은 보험회사의 담당자에게 서명은 와이프가 했다고 당당하게 말해버린 것이다. 이것이 이리도 큰일 날 일일 줄은 전혀 몰랐을 것이다. 본사 컴플라이언스 팀의 전화를 받고는 그대로 사무실 바닥에 주저앉았다.

그렇게 나는 자필 서명을 받지 않아 회사에서 일벌백계로 영업 정지 3개월을 징계받았다. 회사에서 줄 수 있는 최고 등급의 징계로 알고 있다. 이는 4개월 동안 급여가 없다는 뜻이며, 곧 명문상으로 밝히지만 않았을 뿐 '너는 이 회사 나가라', 결국 굶어 죽으라는 의미였다. 당시 경제 상황도 취약하기 그지없었다. 한 달 벌어서 한 달 겨우 맞춰 생활하는 베짱이 인생. 월급이 나오는 것도 아니기에 버는 돈이 없으면 당장 다음 한 달도 살아낼 생활비가 없었다.

그런데도 바보 같이 그 회사에서 3개월을 버텼다. 주변에서 이 정도면 회사를 그만두는 것이 좋겠다고 누구 한 명이라도 진심으로 조언해주었으면 좋았으련만, 팀장들은 팀의 인원수 채우는 것도 자기네 주머니 사정에 영향을 끼치니 허수아비라도 데리고 있는 것이 유리했기에 입 다물고 있었다. 나참 바보 멍청이 같은 게, 상황이 그 정도면 관두고 나왔어야 하는데 그걸 못 했다. 서명을 한 친구한테도 항의 한번 못 했다. 계약 하나에 욕심부린 내 잘못이지 싶었다. 방법도 없이 이렇게 벼랑으로 몰리면 절대로 바른 판단을 할 수가 없다. 뇌가 쪼그라들어버린 것만 같았다.

3개월 뒤 영업에 복귀하고 나서도 일을 잘했을 리가 없었다. 현금 서비스, 친구 찬스, 보험 해약 등등 끌어올 수 있는 돈이란 돈은 탈탈 다 털었다. 나는 돌 맞기 직전 개구리 모습을 하고 은행 대출 코너에 앉아 있었다. 직원이 화면을 보고 '으음' 소리 내며 자리만 고쳐 앉아도 움찔했다. 무서웠다. 나에게 또 어떤 하자가 있는 걸까. 이 은행, 저 은행 돌아다니다 오면 하루해가 다 갔다. 단 한 군데에서도 나한테 돈을 빌려주지 않았다.

그런 와중에 전남편한테 엄청나게 협박을 받았다. 아들 한 명을 자기가 키우고 있는데 왜 돈을 안 주냐는 것이다. 그래 맞다, 내 아들 양육비를 내가 줘야 하는 것은 맞는데, 사람 상황을 봐가면서 달라고 해야지. 아들, 딸 한 명씩 각각 데리고 가서 양육비 달라고 하는 아빠는 태어나서 처음 봤다.

그렇게 나한테서 야금야금 뺏어간 돈의 명목들이 근사하다. 지금 키우고 있는 아들 낳았을 때 들어간 산후조리원 비용도 받아갔다. 신혼여행 때 공항 면세점에서 산 구찌 가방값도 뺏어갔다. 이렇게 안 하면 소송 걸겠다고 협박을 해대니 무서운 나머지 억지로 돈을 만들어 다 내줬다. 다시 한번 이야기하지만, 사람이 돈이 없으면 이렇게 당한다. 멍청해서 당하는 것이 아니고 공포에 압도되어 당하게 되는 것이다. 전남편에게 소송이 걸리면 내가 돈이 없어서 아들 양육비를 못 준 것이 잘못이기 때문에 그냥 감옥 가야 하는 줄 알았다. 아니, 그전에 변호사 선임비 몇 백이 없었다. 지금도 그렇지만 너무나 큰돈이었고 소송에 걸리는 것 자체도 두려웠다. 내 인생에서 다시는 마주치고 싶지 않은 사람이다.

마지막 쓰리 쿠션.

어쩌다가 연하남이랑 깊이 사랑을 하고 있었다. 겨울 가면 봄이 오듯, 어느 날 그는 나랑 함께했던 모든 것을 다 접고 자기 마누라한테 돌아갔다. 많이 힘들었다. 그렇지만 지금 생각해도 그 친구가 하나도 원망스럽지 않은 것이, 그는 처한 상황에서 나한테 최선을 다했다는 것을 알기 때문이다. 세상에 온갖 추잡하고 비루하고 나쁜 새끼들, 젊은 여자 몸만 탐하는 늙수그레한 노털 새끼, 장가 안 간 공식 독거 중년 남자 새끼에 어정쩡하게 판단 내리기 어려운 착한데 못된 새끼들까지 다 만나봤지만, 그 애의 진심은 알고 있었다. 그래서 아쉬움도 없고 그리움도 없다.

불행의 쓰리 쿠션을 다 처맞던 2011년. 나는 소주와 맥주를 가지고 차에 들어갔다. 이쯤 되면 자식이고 부모고 뭐고 하나도 생각이 나지 않는다. 그냥 이 세상에서 없어지고 싶다.

그러나 일본 소설 『금각사』의 작가 미시마 유키오가 일본 자위대 선동에 실패한 후 할복자살을 하면서, 소설에서 그렇게도 할복에 대해 묘사하며 경외감마저 보였던 데 반해 그것이 얼마나 고통스러운 것인지 미처 계산하지 못했듯, 나도 차 안에서 소주와 맥주를 마시고 나서 자살 시도를 할 때 방광이 그렇게 빨리 찬다는 것을 예측하지 못했다. 이번 한 번만 오줌 싸고 죽어야지, 한 번만 더 싸고 죽어야지 하다가 엄마 아빠한테 차 안에서 숨 쉰 채로 발견되었다.

그 뒤로 거의 10년이 되어간다. 상전벽해란 말이 실감 난다. 그해의 불행은 이렇게 온몸이 타버리는 것 같은 새벽의 공황을 남기긴 했지만, 나는 지금 삶에 무척 행복하고 감사하다. 이틀간 체질 테스트용 한약을 먹고 나서 마음의 병을 고치는 약을 짓기로 했다. 한의사 선생님의 마지막 말씀이 참 따뜻했다.

“기억은 잊을 수 없겠지만, 몸이 나쁜 기억들을 버틸 때까지 끌어올리면 되는 겁니다.”

할매가 니 굶기지는 않으신단다

신에 대한 존재를 믿지는 않으나 영혼은 있다고 굳게 믿는다. '운'이란 것도 굳게 믿고 있다. 가끔 세차게 느껴지는 운의 기운이 있다. 아무리 해도 한 발자국도 디디지 못하도록 발목을 잡는 무거운 기운도 있다. 운은 노력하지 않는 자의 구차한 핑계 따위는 아니라고 생각한다. 길을 지나가다 만 원짜리를 한 장 집을 수도 있는데, 땡잡은 이 횡재를 어떤 인과관계로 설명할 수 있겠나. 그 길을 선택한 나의 선견지명이 그 만 원을 줍게 만든 것이 아니다. 그냥 온 것이다. 운은 내가 만들어내는 노력의 산물이 아니다. 때가 되면 '그냥 온다'.

사는 것이 유난히 힘들 때, 숨도 못 쉬게 닥치는 어려움에 대비도 예측도 할 수 없이 폭풍이 휘몰아칠 때가 있다. 이럴 때는 눈 한번 질끈 감고 폭풍우가 지나가기만을 바라야 한다. 때로 한두 번씩 그 풍랑에 손을 놓칠 수도 있지만.

'손 놓기 전에 딱 한 번 가보자' 하고 아는 분과 함께 쌍문동의 어느 무당집에 갔다. 할머니 신을 모신단다. 할머니 신과 귀에 리시버 끼고 대화하듯이 이야기하시는 여자분이었는데, 할머니 신의 메시지를 전할 때는 실제 목소리도 변했다. 평소에는 거친 경상도 말투의 40대 후반 여자였다가 할머니가 내리시면 싸악 돌변하여 교양 있는 서울말을 썼다. 지금도 그 목소리를 생각하면 소름 끼친다. 그것은 그럴싸하게 연기를 한다고 될 성질의 것이 아니었다.

이 무당에게는 딱 두 번 갔다. 처음 갔을 때는 나를 안 받으려고 했다. 그 전해에 어떤 사람의 꼬임에 빠져 굿을 한 것이 화근이었다. 없는 살림에 여기저기서 돈을 빌려 떡, 과일, 전 같은 음식을 좌악 차려놓고 몇 백짜리 굿을 했다. 이렇게 굿을 하면 신세가 좀 펼 줄 알았다.

"작년에 뭐 해씸니꺼? 뭐 이상한 기 한 그 같은데……."

귀신같이 알아챘다. 신들끼리도 라인이 있어서 다른 신한테 굿 한번 한 사람은 되도록 안 받는다고 한다. 내가 간 의정부 무당은 말 그대로 돌팔이 선무당이어서, 잘못하다간 내가 어디를 가도 미아가 될 것 같다며 겨우 받아주었다. 그 대신 신들 세계에서도 연줄을 끊을 것은 끊고 이을 것은 잇는 등 교통 정리할 시간이 필요하단다.

"그 여자가 식겁했겠구마. 니가 차라리 그 여자보다 세고 센 무당인데 오데서 굿질이고. 껄껄껄."

두 번째 올 때는 준비물을 가져오라고 했다. 10원짜리 동전 5개, 100원짜리 동전 몇 개와 바가지, 여자가 쓰는 머리빗, 빨래집게 등 일상용품 몇 가지였다. 메모지에 준비물 리스트를 정성껏 적고 꼼꼼히 준비해갔다. 그랬더니 그 선물을 받고 할머니가 좋아하신단다. 한참 동안 눈을 감고 있더니, 눈을 번쩍 뜨면서 입을 뗐다.

"굶어 죽게 하지는 않으신다."

"네?"

"니 굶어 죽게 하지는 않는다꼬. 할매가 뒤 봐주신단다."

"아, 고맙습니다."

눈물이 흐르기 시작했다. 무당 아주머니 목소리가 갑자기 할머니 음성으로 변했다.

"그동안 고생 많이 했네. 그런데 좀 더 해야 하는데. 5년, 그 이상 버텨야 편타. 그러니 이만 돌아가거라. 버텨라."

이렇게 내 마음을 따뜻하게 어루만져주는 사람이 없었다. 그때의 내겐 그저 '입금만이 살 길'이었다. 돈이 급해서 쫓기는 인생이었는데, 하늘에 계신 할머니의 목소리는 천상의 위로였다. 어딜 가도 돈 없어서 기 못 추리고 불안해하던 내 모습이 함께 떠올라 아예 목 놓아 엉엉 울어버렸다. 다시 경상도 아지매 목소리로 말씀하셨다.

"그만 울고, 이 앞에서 다섯 바퀴 도르래이."

쪽팔린 것이 어디 있나. 나는 눈물 콧물 다 흩뿌리며 코끼리 코를 하고 빙글빙글 다섯 바퀴를 성실하게 돌았다.

"니 어디 가서 다시는 굿하고 그러지 말그래이. 할머니가 그러신다. 이런 데 와서 점도 보지 말란다. 알겠나."

"네."

"가자."

그날 쌍문동 무당 아줌마는 네 지갑 다 훤히 뵌다면서 복채도 안 받으셨다. 바가지랑 빗이랑 사 왔으니 됐다고. 얼마 뒤 나는 지금 남편을 만났다. 결혼하고 첫 추석 명절을 쇠던 날, 연휴 첫날에 사과 한 박스를 사서 쌍문동 점집 앞에 조용히 놓고 왔다.

정신 세계가 종교나 과학으로 무장된 분들에게는 굳이 이해를 구하지 않겠다. 그렇지만 내게는 쌍문동 무당의 이 한 마디가 복음이자 코란이었다. 당장 다음 달이 보이지 않을 때, 어디에도 손을 내밀 수 없을 때, 이 한 마디로 버틸 수 있었다. 그런데 할머니 신이 말씀해주신 '5년도 더'라는 말에는 '5년'이 아니라 '더'에 방점이 찍혀 있는 듯하다. 아마 올해나, 꽉 채워 내년 정도 될 거다. 할머니 말씀대로 5년도 더 버티고 기다린 나날들이다. 다시는 그 시절로 돌아가고 싶지 않은 것을 보니 지금이 나름 행복하게 느껴진다.

기대한다. 앞으로의 내 삶.

미혼모란 없어, 엄마일 뿐이지

보험업에 종사한 경험 때문에 미혼모 보호 기관에 간단한 경제 강의를 나간 적이 있었다. 일주일에 한 번, 1년을 넘게 했으니 꽤 오래 한 셈이다. 미혼모들이 기관에서 독립했을 때 스스로 경제 활동을 해낼 수 있도록 각종 직업에 대해 이해시키고 실제로 실업 교육을 받도록 길을 찾아주는 것이 요지였다. 나도 사전 준비를 꽤 많이 해야 했던, 쉽지 않은 강의였다.

우리나라의 미혼모 지원 시스템은 예상외로 꽤 탄탄했다. 엄마들이 기관에 들어와 있는 동안은 보육을 지원해준다. 한 달에 일정 금액의 바우처를 줘서 생활하는 데에 어려움 없이 온 · 오프라인 쇼핑도 가능하게 해주고, 의무교육도 고등학교까지 이루어질 수 있도록 도와준다. 물론 이 제도를 영리하게 이용해서 서른 중반이 넘은 나이에 아이 아버지가 곁에 버젓이 있는데도 들어와 사는 친구도 있었다. 미혼모 보호 기관은 스스로 경제 활동이 가능하지 않고 가족의 지원을 받지 못하는 사람들이 말 그대로 '보호'를 받는 기관이다. 그런데 이런 사람들이 들어와 자리를 차지하고 있으면 정작 혜택을 받아야 할 사람이 탈락한다. 우리가 복지 사각지대를 좀 더 세심하게 살펴봐야 하는 이유다.

그 기간 동안 수많은 엄마들이 강의를 들으러 왔다 갔는데, 기억에 남는 몇몇 친구들이 있다. 그 중 한 명을 고르라면 나는 단연 '중2 엄마'를 꼽겠다. 중학교 2학년 학생의 엄마가 아니라, 중학교 2학년 학생이 아기 엄마였다. 첫 강의에 교복을 입고 나타났다. 학교 갔다가 바로 왔단다. 말도 얼마나 많고 또 목청은 얼마나 큰지, 다른 언니들 기를 다 누르고 혼자 과외를 받는 것 같았다. 그런데 벌써 백일 된 아기 엄마다. 미혼모 기관에서 강의할 때, '어쩌다가 임신을 했는지 묻는 것'은 엄금된다. 그런데 이 중 2짜리 아가씨의 아기가 백일이라니……. 그 어린 나이에 어떻게 임신을 한 것인지, 아니 그 행위가 임신이 될지는 알기는 했을지, 별별 생각이 다 들었다. 그런데 철없는 이 아가씨 입에서 먼저 줄줄줄 사연이 나온다.

"제가 체력장을 하는데요, 너무 힘든 거예요. 오래달리기 이런 거, 저 껌이었거든요. 살이 너무 많이 쪄서 그런가 하고 있었어요. 그런데 다음 날 너무 배가 아픈 거예요. 배탈 난 줄 알고 진짜 울면서 병원에 갔어요."

의사 선생님이 그러시더란다. 지금부터 이야기 잘 들으라고. 지금 너는 아이를 낳을 거니까 놀라지 말라고. 그 길로 아기를 낳고 왔다는 소녀는 전혀 임신했다는 상상도 못 했다고 한다. 병원에서도 놀라고, 자기도 많이 놀랐단다.

"너무 놀랐는데, 놀랄 새가 없었어요. 바로 똥 싸는 것같이 계속 힘이 쥐어져서……. 와~ 씨, 똥 싸는 줄 알았네. 히히히!"

어이구~ 철없는 녀석.

불과 석 달 전 일이었다. 아기가 세상 빛을 본 후 어린 엄마에게는 많은 변화가 있었다. 첫 번째, 집에서 쫓겨났다. 미혼모 기관에 사는 친구들은 가족들에게, 아이 아빠에게 외면당하고는 딱히 거처가 없어 낳은 아이만 달랑 데리고 들어오는 경우가 많다. 그나마 이런 기관에 연결된 친구들은 운이 좋은 경우다. 놀라운 사실은 이런 친구들을 집에서 내쫓는 사람들 대부분이 '아버지'라는 것이다. 남들 보기 부끄러워 딸을 내쫓는다. 이 친구도 병원에서 아기 낳고 3일 만에 집으로 돌아왔다가 아빠한테 개 맞듯이 맞고(산모를 때리다니!) 바로 쫓겨나서 이모 집에 피신해 있다가 기관으로 왔다고 했다.

두 번째, 친구들과 놀기가 쉽지 않아졌다. 성인이 되어 합법적으로 결혼을 하고 계획하에 아이를 낳은 사람들도 이 지점에서 매우 힘들어한다. 생활을 아이에게 저당 잡혀 내가 휴식하고 싶을 때 휴식하지 못한다는 것 때문에. 부부가 간절히 바라서 아기를 낳았다 하더라도 키우는 일은 우울증이 걸려버릴 지경으로 힘든 일인데, 중 2짜리 소녀에게 그 참혹한 현실이 펼쳐진 것이다. 이 친구는 학교를 마치자마자 친구들과 편의점에서 컵라면 한 그릇 나눠 먹지 못한 채 기관으로 돌아와 아기를 돌본다. 물론 보육 선생님이 계시지만 친정엄마에게 아이 맡기듯 그분들에게 마음 편하게 맡길 수는 없는 노릇이다.

미혼모가 된다는 것은 그저 경제적인 능력을 미처 갖추지 못한 이가 결혼하기 전에 임신해서 아이를 낳는다는, 물리적인 변화만을 뜻하지 않는다. 아이를 기를 시스템이 없다는 뜻을 내포하는 것이다. 그렇게 될 때까지 질척거리며 따라오는 수많은 사연을, 그 딱한 사정들을 감내해왔다는 의미다.

또 한 명의 기억나는 친구는 쌍둥이 엄마다.

강의 내내 말 한마디 없던 친구가 있었다. 그런데 강의실에는 빠짐없이 나와 앉아 있어서 신기했다. 처음에는 내 강의가 재미없나 싶어 살짝 긴장했다. 그래서 일부러 질문도 해보고 우스갯소리도 건네봤지만, 간혹 설핏 웃을 뿐 말은 안 했다. 말을 잊은 듯했다. 기관 선생님들께 살짝 전해 들은 정보에 따르면 쌍둥이의 생물학적 아빠 되는 사람이 임신인 것을 알자마자 아주 가혹하게 이 친구를 떼어놓고 도망갔다고 했다(써놓고 보니 그런 놈에게는 아빠라는 단어조차 쓰는 것이 아깝다).

시간이 흘러 어느덧 종강이 다가왔다. 그 친구의 출산도 임박했다. 사실 쌍둥이를 낳아보지 않아서 몰랐는데, 쌍둥이를 뱃속에 품는 것은 상상을 초월할 정도로 힘든 일이었다. 일단 배가 너무나 컸다. 그 친구는 체구가 자그마했는데 배는 내가 본 임산부 중 제일 컸다. 출산까지 2~3개월 남았다고 했는데 피부가 그 무게를 버틸지 걱정될 정도였다. 고만고만한 크기의 자궁에 아이가 둘 혹은 셋이 들어가 있다고 상상하면, 휴우……. 그래서 만삭까지 가기 전인 대략 36주쯤부터 몸 상태를 체크하면서 일찍 아이를 낳는단다. 배가 얼굴까지 덮어버릴 지경이 된 그 친구는 종강 시간에도 빠지지 않고 강의실에 나와 있었다. 강의를 마치고 나서 화이트보드에 내 연락처를 남기는데, 그때 갑자기 뒤에서 들리는 처음 듣는 목소리.

"선생님, 아이 기르면서 돈 벌려면 어떻게 해야 해요?"

그 친구였다.

"제가 아이를 낳으면 맡길 데가 없어요. 그래서 어린이집에서 일하고 싶은데요. 어떻게 하면 돼요?"

갑작스러운 질문에 나도 성큼 답을 내어놓을 수가 없었다.

어린이집 선생님이 되려면 보육교사 자격증이 있어야 할 텐데, 이 친구는 준비를 언제 하나. 자격증을 딸 동안은 이 기관에서 돌봐주었으면 좋겠는데. 무엇보다 아이를 입양 보내지 않고 직접 키우려고 하는 것을 보니 걱정부터 들었다. 수많은 생각이 머릿속을 맴돌았다. 지금 너무나 절박한 이 친구의 상황에 누구 한 명이라도 잘못된 방향을 가리키면 안 된다. 조심스러웠다. 그래서 무기력하게도 아무 답도 주지 못한 채 강의실을 나왔다.

지금도 가끔 생각난다. 아이들은 잘 키우고 있을지, 어디에서 일하고 있을지. 그녀의 젊음은 이렇게 아이 키우고 돈 벌다가 흘러만 갈 것인지. 이 친구를 생각하면 지금도 코가 찡해진다. 무사히 낳아서 길렀다면 올해 아이들이 학교에 들어갔을 텐데……. 이 엄마가 가끔 떠오를 때면, 부디 쌍둥이들하고 어디선가 잘살고 있게 해달라고 화살기도를 하늘을 향해 쏴 올린다. 지금도 한 번 더 쏘아 올렸다.

대신 울어주는 여자, 곡비

옛날에는 양반가에서 초상이 났을 때 상주를 대신해 구성지게 슬픈 목소리로 울어주는 역할을 도맡아 하는 여인, 곡비哭婢가 있었다. 한자에서 나타나듯이, 노비가 있던 시절에 곡을 해주는 여자 종이었던 것이다. 부모님이 돌아가신 상주들은 아이고~ 아이고~ 하고, 일반 문상객들은 어이~ 어이~ 하면서 일부러라도 곡을 했다. 애절함이나 원통함을 우는 소리로 표현하며 망자에 대한 예를 갖추는 의미다. 만약 내가 영혼이 되어 오도 가도 못하고 떠돌고 있는데, 내 죽음에 아무도 울어주지 않으면 얼마나 서운할까. 그래서 한에 사무쳐 사람들을 괴롭히는 귀신이 있다는 이야기가 전래되는지도 모르겠다.

유난히 구슬프게 잘 울어주는 곡비는 지켜보던 다른 문상객들에게도 슬픔을 자아내어, 저절로 따라 울게 만들었다고 한다. 남의 죽음에 대신 울어주며 눈물을 자아내게 하는 곡비는 바로 그 시절의 비극 배우가 아니었을까.

사시사철 엉겅퀴처럼 푸르죽죽하던 옥례 엄마는
곡哭을 팔고 다니는 곡비哭婢였다.

이 세상 가장 슬픈 사람들의 울음
천지가 진동하게 대신 울어 주고
그네 울음에 꺼져 버린 땅 밑으로
떨어지는 무수한 별똥 주워 먹고 살았다.
(중략)
그네의 울음은 언제 그칠 것인가.
엉겅퀴 같은 옥례야, 우리 시인의 딸아
너도 어서 전문적으로 우는 법 깨쳐야 하리
이 세상 사람들의 울음
까무러치게 대신 우는 법
알아야 하리.

문정희의 시, 「곡비」의 일부이다. 이 시를 읽다 보면 노비의 딸로 태어나 곡비의 삶을 내리 받아 살아야 하는 '옥례'의 서글픈 인생이 읽혀서 마음이 아프다. 남들의 슬픔을 안아 서글피 울어주는 곡비가 있어 '이승에 눈 못 감고 떠도는 죽음 하나 없었'을 터. 그 초혼의 엄숙한 의식을 곡비들이 대신 해주는 것이다.

어떤 분을 만나 차를 한잔 나눴다. 그분은 왜 그런지는 몰라도 예전부터 나만 보면 말년이 좋을 거라고 이야기해주셨다. 지난 월드컵 경기 못 보셨냐며, 끝이 좋으면 다 좋은 거라고 하신다. 이분의 이야기만 들으면 왠지 정말 말년에 팔자가 펼 것만 같다. 만약 그렇지 못한들 어떠랴. 대박 나지 않은들, 성공하지 않은들 뭐 어떠랴 싶다. 아직 오지 않은 내일을 향해 희망을 품는 것만으로도 즐겁다. 그분은 덧붙이셨다.

"다들 힘들어요. 당장 다음 달 걱정 안 하는 사람 진짜 하나도 없어요. 이룰 것 다 이룬 부자 노인네들도 나 언제 죽나 걱정해요. 그런데 그냥 사는 거지. 어쩌면 사람이 한 생 마치고 가는 장례식은 죽은 사람에게 축제일지 몰라. 이승에서 고생 끝나고 어깨에 짐 그제야 내려놓는 거니까요."

커피 한잔 얻어 마시다 눈물을 쏟을 뻔했다. 세상에 잠시 서성이다 가는 우리들. 이 서성거림이 왜 이리도 고달픈지. 발걸음은 왜 내가 가고자 하는 곳으로 떨어지지 않는 건지.

곡비는 배우이자 시인이다. 저승으로 떠나는 이를 맘 편하게 보내기도 하지만 사실은 정처 없이 이승에 남은 이를 위로한다. 곡비라는 이름, 참 쓸쓸하고 애잔하다. 함께 울어주는 곡비와 같은 고마운 존재들이 너무나 많았기에 이리 비루하게나마 살아낸 것이리라.

꿈의 궁전으로 오세요
-시인을 기리며

때는 바야흐로 1996년 아니면 1997년경이렷다. PC 통신이 한반도에 창궐하던 때였다. 방년 스물세 살 남짓의 나는 처음 열린 채팅방과 동호회의 세계에 놀라지 않을 수 없었다. 당시 채팅방에서 열혈 활동하셨던 분들을 지금도 가끔 페이스북에서 만나 뵙기도 한다. 여전히 이어지는 온라인 채팅과 방백의 나날들. 사람은 관계의 동물이라는 것을 절실히 깨닫는 공간이었다.

시를 쓰고 싶어 환장했던 나는 PC 통신에서 그럴듯해 보이는 멘토를 만났다. 경희대 국문과를 나와 시인으로 활동하고 계신다는 어떤 아저씨와 만나기로 한 것이다. 시인이 어떤 사람들인지 스무 살의 나는 가늠할 수가 없었기에 학교 국문과 교수님 만나러 가는 기분이었다. 시인은 검은 소나타를 끌고 왔다. 시인은 안데르센 동화 '행복한 왕자'에 나오는 왕자의 장발 머리였고, 낚시 조끼를 입고 있었다. 그래도 시인이라니 참을 수 있었다. 아! 시인이란 이런 언밸런스하고 그로테스크한 패션도 다 소화해내는 고독하고 슬픈 존재들일 뿐이야.

"타세요."

나는 그 검은 소나타에 홀리듯 올라탔다. 왠지 모를 찜찜하고 무서운 기분도 들었음에도 시인의 낚시 조끼에 걸쳐진 고독함과 애잔함을 무시할 수 없었다.

당시 남양주 근처에 있었던 우리 동네도 깊숙했는데, 시인은 운전을 하면서 계속 굽이굽이 들어갔다. 무거운 침묵만이 차 안에 내려앉았다. 도대체 목적지는 있는 것일까? 어디로 끌고 가는지 몰랐기에 더 무섭기 짝이 없었다. 결국 시간이 흘러 주위가 캄캄해지고 나는 GPS 상 나의 위치를 스스로 파악하지 못하는 처지에 이르렀다. 때는 1990년대 중후반, 휴대폰도 없을 때였다. 경찰을 부르고 싶어도 차문을 열고 나가 낙법을 써서 나동그라지지 않는 한 어려운 상황이었다.

"저 집에 가야 해요."

결국 이 말이 나왔다. 시인은 단호했다.

"어델 가요."

취하자. 일단 나는 취하기로 결심했다. 이 영롱한 시인이 나쁜 놈은 아닐 거라고 스스로 믿기로 했다. 취하면 그나마 시인의 성근 머릿발도, 자글자글한 주름도 보이지 않으리라. 혈중 알코올 농도로 비위를 강화시키리라 계산한 터였다.

"니 잡고기탕 먹을 줄 아나."

어느새인가 슬며시 내게 반말을 쓰시는 순결한 시인은 잡고기탕을 권하셨다. 이 상황에서 뭔들 못 먹으리. 메기나 매운탕, 다 먹는다. 차는 끝도 없이 어디론가 가고 있었다. 결국 완전히 깜깜한 밤이 되어서야 매운탕 집에 도착했다. 시인과 나는 사방이 툭 트인 마루에 마주앉아 노란 전구 불빛 아래에서 잡고기탕을 먹기 시작했다. 물론 몹시 긴장한 나는 술이 먹힐 리 없었다. 반면에 시인은 술을 쭉쭉 들이켰다. 검은 소나타는 누가 끌고 간담. 그럼 집은 어떻게 가야할꼬. 게다가 이 영롱한 시인은 눈빛이 흐려지고 있었다. 취한 것이다.

"야, 타, 씨발, 너 어디가. 못 가. 타, 씨발."

잡고기탕 몇 숟갈 뜨고는 나는 겁에 질려 그 차에 올라탔다. 엄마도 보고 싶고, 우리 동네도 다시 가고 싶고…….

"저 집에 가야 해요."

"아까부터 자꾸 어델 간대. 씨발. 니 정말 몰라서 그러나. 다 알고 나온 거 아이야. 어?"

이 말과 동시에 핸들을 잡던 미친 음주 운전자의 오른손이 내 머리통을 내리쳤다. 아, 이제부터 이자는 시인이 아니었다.

결국 그는 검은 소나타를 어딘가에 세웠다. 간판에 커다랗게 씌어 있었다. 꿈의 궁전. 김지호가 주인공이었던 당시의 최고 히트 드라마 제목이었다.

해가 하늘에 떠 있을 때는 고독하고 사슴처럼 슬퍼 보였던 낚시 조끼의 시인은 해가 지자 바로 메리야스 바람이 됐다. 아주 빤쓰까지 벗을 지경이었다. 큰일 났구나 싶었다. 당장 이 방을 빠져나가는 것만이 살길이었다. 어떻게 나가지? 지금 손모가지를 이 새끼한테 휘어 잡히면 그냥 오늘 밤은 끝나는 것이다. 순간 몇 시간 전의 내가 떠올랐다. 후회가 지구가 폭파되듯 밀려왔다. 왜 만났을까. 내가 왜 나왔을까.

"제가 맥주 시켜올게요."

맥주를 시켜오겠다고 지갑을 들고 냉큼 튀어나왔다.

"아저씨, 저 콜택시 좀 불러주세요. 어서요! 어서!"

카운터로 가서 젊은 남자 직원 뒤에 숨어 다급히 구원을 요청했다. 택시는 왜 그렇게 안 오는지. 기다리는 사이 메리야스를 입은 시인이 쿵쾅대며 다가와 나를 다시 방으로 끌고 들어갈까 봐 조마조마해 심장이 터지는 줄 알았다.

아, 멍청이 같은 나의 시인 접선기는 그렇게 안도의 귀갓길로 끝났다.

얼마 전 양평 쪽을 지나갔었다. 설마 하면서도 기억을 더듬어 찾아갔는데, 맙소사! 20년이 넘었는데도 꿈의 궁전이

버젓이 살아 있었다. 그리고 그놈의 잡고기 매운탕 집은 지금의 다산 유적지 쪽에 있는 가게임을 알았다. 모텔도, 매운탕집도 모두 우연히 찾은 것이다. 감회가 요상하게 새로워서 가겟집 안으로 슬금슬금 걸어가 보았다. 시인과 내가 앉았던 노란 전구 아래의 평상은 다른 짐 덩이들로 꽉 차 있었을 뿐, 모두 그대로였다.

다만 시인만이 이 세상에 없을 뿐. 그의 명복을 빈다.

제 6장.

미스 리틀 선샤인

콩가루 가족의 여행길

엄마와 딸, 이인삼각 인생 달리기

우리 집은 매우 복잡하다. 중학교 때 수학에서 배우는 벤다이어그램처럼 A 집합과 B 집합으로 이루어져 있다.

A 집합에는 나와 남편과 만두라는 별명을 가진 아들이 들어가 있다. 만두는 다섯 살, 지구별로 여행을 온 자폐 스펙트럼 안에 있는 꼬마 아이다. B 집합은 나와 나의 전남편 사이에 낳은 딸 성원이 들어가 있다. 성원이는 꼼꼼하고, 책임감이 강한 전형적인 대한민국의 중딩. 싫고 좋음이 확실한 14살짜리 소녀다.

이 두 집합의 교집합에는 나만 있다. 그래서 나는 이 간단한 듯 복잡한 벤 다이어그램 사이를 이리 뛰고 저리 뛰면서 산다. 딸은 남편을 '아저씨'라고 부른다. 둘은 완전 따로국밥이다. 한 집에서도 서로 소 닭 보듯이 투명 인간들로 산 지 오래되었다. 그래서 딸의 공부방 겸 침실은 우리 아파트와 걸어서 10분 거리에 있는 할머니 댁에 있다.

이것이 내가 이 동네에서 5년이 넘도록 벗어나지 못하는 이유임과 동시에 딸에게 가장 미안한 지점이다. 딸은 아침에 일찍 일어나서 학교 갈 준비를 하고, 엄마 집에 들러서 얼굴

한번 본 다음에 바로 학교에 간다. 일과를 마치면 '엄마 집'이라고 부르는 지금 집으로 와서 뒹굴거리다가 다시 할머니 집, '자기 방'으로 간다. 오로지 딸의 노력만으로 지금의 생활이 유지되고 있다. 골수 이식보다 더 힘든 것이 '자식 데리고 재혼 가정 꾸리기' 아닌가 싶다.

밖에 비가 왔다. 날도 컴컴한데 딸은 비를 잔뜩 맞고 왔다. 얼마 전 사준 신발도 부실해서 양말이 다 젖었다.

"엄마, 바지 있어?"

사춘기 딸이 제일 무섭다. "뭐 있어?"라는 질문에 즉각 대답을 못 하거나 찾는 것이 없으면 '죽음'이다. 한번 신경질을 내기 시작하면 답도 끝도 없는 화를 계속 낸다. 사춘기 소녀니까. 나도 어렸을 때 이런 류의 성질을 엄마에게 대차게 뿜었던 것을 또렷이 기억한다. 불뚝불뚝 치밀어 오르지만, 그 기억에 기대어 겨우 참는다. 이 시기에 있는 딸이 도발하면 엄마는 무조건 져 주어야 한다는 것이 지나고 보니 정답이었다.

"어쩌지. 바지가 없네. 할머니가 빨래 안 해주셨니?"

안절부절못하면서 딸을 보니 바지도, 양말도 비에 다 젖고……. 딱 생쥐 같았다. 이건 빨래 안 해주신 할머니 탓을 할 수도 없을 정도였다. 딸이 울기 시작한다.

"나는 왜 편하게 어느 집에서도 잘 수가 없어? 엄마 집은 만두가 맨날 울고 있고, 할머니 집은 하나도 안 편해. 거기다가 엄마가 만두 돌보는 거 보면 정신병 안 걸리는 게 다행이야. 진짜 엄마가 땀 뻘뻘 흘리는 거 보기만 해도 조마조마해. 나는 지금 만두한테 제일 짜증 나는데, 제일 화나서 때리고 싶은데, 장애아라서 불쌍하잖아. 그래서 더 짜증 나!"

나는 우리 딸이랑 유튜브 계정을 함께 쓰는지라 뭘 검색하는지, 요즘 어떤 아이돌을 좋아하는지를 다 안다. 그런데 얼마 전 유튜브에 들어가니 검색창에 이런 검색어들이 줄줄이 있었다.

[자폐] [자폐 완치] [동생이 자폐예요] [자폐 증상]

흠칫 놀랐다. 내색은 안 해도 신경을 쓴다고 생각하니 찡해졌다. '정말 미안하지만, 팔자다. 네 잘못이 아닌데 어쩌다가 장애가 있는 동생에 당첨된 거다. 대신 옆에서 엄마가 충분히 지원해줄게.' 다만 이 결심은 입 꽉 다물고 했었다.

딸이 계속 운다.

"내가 너무너무 화가 나서 화를 내고 싶어도 병신같이 알아듣지를 못하니까 나는 화를 못 내! 장애가 낫는 것도 아니고. 나, 주말에 다 들었어. 엄마가 만두 악쓰고 혼내는 거. 그런데, 정말 제일 불쌍한 건 나야. 나도 불쌍하고, 다 불쌍해. 할머니, 할아버지도 불쌍해. 누구 한 명이라도 못된 사람 있으면 그 사람에게 막 화를 내겠는데, 아무도 없어. 아 씨발, 짜증 나!"

딸은 우느라고 젖은 옷을 아직 갈아입지 못했다. 바지도 딱 두 벌 있었는데, 마침 지난 주말 온라인으로 한 벌 더 주문했더니 원단이 불량이라 배송이 지연된단다. 그러니 갈아입을 옷이 없지.

우리 예쁜 공주님이 차림새가 이게 뭐야. 딸은 귀하게 키워야 한다고 들었는데……. 안 그러면 나중에 커서 누가 빵 한 개만 사줘도 그게 고맙고 좋아서 쉽게 넘어간단 말이다. 아, 딸을 너무 함부로 키우고 있는 것 같아 너무나 속이 상했다.

아들, 만두 녀석은 자폐 증상에 언어 장애가 있는지라 세 살 정도의 아이들보다 발화가 원활하지 않다. 아들하고 이야기하려면 그저 벽을 보고 이야기하는 것 같은 느낌이 든다. 그저 이곳 지구별에 잠시 놀러 온 친구라 우리가 살고 있는 지구의 언어가 익숙하지 않다, 이렇게 생각하면 마음이 훨씬 가벼워진다. 세상과 말은 통하지 않는데 감각의 감도는 너무 큰지라 사방 천지가 온통 감당이 안 되는 천사들이다. 그래서 자꾸 숨어드는 것이다. 그 장애아를 돌보는 엄마 아빠도 힘들다. 언제까지 목욕을 시켜야 할지, 식사를 봐줘야 할지, 옷을 갈아입혀야 할지 가늠도 안 된다.

아이를 데리고 마트에 장을 보러 가는 것도 나에게는 혹독한 체력 훈련 시간이다. 다행히 기분 좋게 나오면 괜찮지만, 뭔가 원하는 것을 얻지 못했거나 혹은 일정한 루트로 지나가야 하는 길에서 벗어났을 때 아이는 바닥에 드러누워 울기 시작한다. 아이도 영문을 모르는 것이다. 왜 나의 규칙이 무시되고 있는지. 왜 안 지켜지고 있는지. 커다란 울음과 몸부림을 멈추기를 기다려야 한다. 나는 엄마니까 아이가 한 20분 정도 몸부림치다가 그칠 것을 안다. 그렇지만 그럴 여유가 없다. 마트에 있는 다른 사람들도 생각해야 하기에, 죽기살기로 몸부림치는 아이를 억지로 제압(!)해서 끌고 나가는 것이다. 그래, 여기까지 다 좋다. 하지만 내가 놓친 것이 있었다.

바닥을 등으로 다 쓸고 다니며 울부짖는 아이와 그를 무심하게 좀비처럼 바라보고 있는 나, 그리고 '저 엄마는 왜 애를 안 달래고 저래?' 하며 쳐다보며 지나가는 사람들 눈길 속에 늘 우리 딸이 있었다는 것을…….

코가 벌겋게 부풀 정도로 울며 돌아간 딸을 보면서 생각했다. 내년에는 작업실이라는 이름 걸어 예쁜 방 하나 얻어야겠다고. 남편이랑 서로 마주치지 않으려고 아저씨 집에 언제 오시느냐며 늘 불안해하는 우리 딸이 편히 쉬면서 잠도 자고, 엄마랑 놀기도 할 공간이 있으면 좋을 것이라고.

그리고 딸이랑 단둘이 짧은 여행이라도 자주 가야겠다고. 꼼꼼한 성격의 딸과 둘이 여행을 가면 늘 싸우지만, 그래도 내쳐 손 붙들고 가야겠다. 나는 혹독한 어른의 세상을 일찍 겪게 된 아이에게 꼭 보상을 해줘야 한다. 내 잘못이라서 고개 숙인 사죄의 보상이 아니다. 그리 생각하지 않을뿐더러, 딸도 그렇게 미안함에 휩싸여 늘 조마조마한 엄마를 원하는 것이 아닐 것이다. 인생 복불복 게임에서 장애아 동생이 당첨되어버린 것을 어떡하겠나. 다만, 혼란스러울 아이의 숨통을 트이게 해주고 싶다. 관건은 우리 둘이 함께 이인삼각 달리기하듯 호흡 맞춰 잘 헤쳐나가는 것이겠지.

추신.

이 글은 2년 전, 아들내미가 다섯 살 무렵일 때 쓴 글이다. 지금은 일곱 살이 된 만두의 몸부림은 많이 교정이 되었다. 이유는 '말귀'를 조금씩 알아듣기 시작했기 때문이다. 가끔 연습 삼아 음식점에 들어가 자리에 앉아서 음식을 먹어보기도 한다. 전에는 워낙 산만한지라 꿈도 꾸지 못할 일이었다.

그리고 또 하나의 근사한 소식!

작업실이 생겼다. 그 공간에다 〈마담 푸르스트의 비밀 작업실〉이라는 이름을 붙여줬다. 5평이나 될까? 굉장히 조그만 곳이기는 하지만 가끔씩 딸과 맘 편히 아늑하게 지낼 수 있어서 좋다. 내가 없을 때 딸은 친구들과 함께 와서 떡볶이도 먹고 간다.

모두들, 〈마담 푸르스트의 비밀 작업실〉로 놀러 오세요.

그냥 엄마가 주는 대로 먹어라

전 세계 공통의 심리적 · 사회문화적 공식이 하나 있다.

엄마 하면 밥, 밥 하면 엄마.

어느새 엄마가 된 나도 어쩔 수 없이 밥 담당을 자처하게 되었다. 아이가 태어나면 맨 처음 젖을 물리는 것이 엄마 아닌가. 그러나 안타깝게도 나의 엄마는 먹는 행위에 큰 재미를 못 느끼는 분이셨다. 그러다 보니 음식 솜씨 또한 그다지 좋지 않았다. 몇 번은 이것저것 요리책 뒤져가며 반찬이며 찌개며 다양하게 만들어보시더니, 이내 그만두고 평생 아는 반찬 몇 가지를 돌려 만드셨다. 호박볶음, 가지볶음, 우엉조림, 연근조림, 마늘쫑볶음, 달걀프라이 정도가 엄마의 시그니처 메뉴였다.

지금이야 전문 영양사가 짠 식단에 따라 급식이 나오니 엄마들이 도시락 걱정할 일이 없지만, 내가 학교 다닐 적에는 새벽마다 엄마들이 도시락 싸대느라 골치였다. 지금 내가 매일매일 도시락을 싼다고 생각하면 사실 끔찍하다. 전날 마신 술도 다 깨지 않은 상태에서 뜨거운 증기를 맡으며 밥을 푸고, 뭔가를 기름에 부치고 볶는 일은 필시 고통스러운 중노동일 터.

태어나서 처음으로 도시락을 싸갔던 날. 그때의 교실 풍경이 아직도 기억난다. 화창한 3월 봄볕이 교실에 들던 날, 아이들은 기대에 부푼 마음으로 엄마가 정성껏 싸주신 도시락을 꺼냈다. 지금도 도시락을 펼치는 순간 교실에 꽉 찬 음식 냄새가 풍기는 듯하다. 물기에 젖은 밥의 냄새, 김치의 시큼한 냄새, 잘 구워진 소시지의 냄새, 그리고 우리 반 아이들 60명의 스테인리스 도시락 통에서 풍기는 물비린내까지!

그러나 엄마의 첫 도시락은 실망스러웠다. 밥은 이미 연근조림의 간장물로 까맣게 뒤덮여 있었고, 진미채볶음은 어떻게 하면 그렇게 되는지 궁금할 정도로 질겼다. 그뿐이랴. 엄마는 가끔 국그릇 뚜껑의 아귀를 잘못 맞추는 바람에 국이 보온밥통 안에 흥건하게 다 쏟아져 있기도 했다. 그래서 아침마다 엄마에게 도시락을 받으면 먼저 반찬 뚜껑과 국물 뚜껑이 잘 닫혔나 꼼꼼히 확인부터 하는 버릇이 생겼다.

다른 애들처럼 도시락 반찬으로 소시지를 딱 한 번만 싸가고 싶었다. 자랑스레 도시락 뚜껑을 '짠!' 하고 열면, 친구들이 "와아~ 쏘세지 싸왔대~" 하며 포크 들고 달려들었으면.

평소 밥을 먹을 때 나도 당연히 다른 친구들이 싸오는 장조림, 햄, 달걀말이 등속의 단백질 반찬에 손이 더 많이 갔다. 비록 어렸지만, 내가 내줄 반찬은 초라한데 다른 친구들 반찬에 포크를 꽂는 염치없는 손이 영 미안했다.

"엄마, 나도 도시락에 쏘세지 싸줘. 한 번만~"

용기를 내어 말했다.

"그래."

이게 웬일이야! 나는 소시지 싸달라고 하면 크게 혼날 줄 알고 눈 질끈 감고 말한 건데, 엄마는 어처구니없이 초스피드로 허락을 내려 주셨다. 야호! 나도 도시락으로 소시지 싸 간다! 그날 저녁 엄마의 파란색 장바구니 안에는 분홍색 '살로우만' 소시지가 담겨 있었다. 이제는 나도 친구들에게 맛있는 소시지를 제공할 수 있다는 기쁨과 미안해하지 않고도 친구들 반찬을 집어 먹을 수 있다는 당당함을 쟁취한 것이 너무 좋았다. 크리스마스이브 밤에 산타 할아버지가 선물을 주러 오실 때만큼 설렜다.

다음 날 점심시간! 함께 도시락을 먹는 친구들과 책상을 맞추고 자리에 앉았다. 그리고 자랑스럽게 도시락을 꺼내어 올려놓았다.

자, 친구들아 보아라! 이게 바로 소시지 반찬이다! 하나,

둘, 셋, 짜잔! 반찬통 뚜껑을 활짝 열었다.

"엥? 이게 뭐야?"

소시지긴 소시지인데……. 반찬통에는 분명히 엄마가 어제 시장에서 사 온 소시지가 가지런히 놓여 있긴 했다. 그런데 그동안 다른 친구들 도시락에서 봐왔던 모양이 아니었다. 소시지가 민망할 정도로 다 벗은 분홍색이었다. 엄마는 소시지의 비닐 포장을 깐 뒤 도마에 놓고 탁탁탁탁 칼로 자른 다음 생 소시지를 반찬통에 바로 집어넣은 것이다. 소시지가 맛없기가 힘든 반찬인데……. 파 송송 썰어 넣은 달걀옷을 입혀서 먹음직스럽게 기름 둘러 부쳐주시는 것은 기대하지는 않았지만, 정말 이럴 줄은 몰랐다. 이렇게 초라할 수가. 애들은 포크를 들고 달려왔다가 실망한 채 다시 자리로 돌아갔다. 평소 장조림이나 햄 같은 맛있는 것은 제 밥 아래에다가 파묻고 남의 반찬은 혼자 다 쓸어 먹는 얄미운 계집애가 말한다.

"야, 소시지를 어떻게 생으로 먹냐?"

울고 싶었다. 우리 반에서 제일 뚱뚱하고, 목소리 큰 남자애가 포크를 들고 저벅저벅 온다. 예전에도 내 진미채 반찬이 질기다고 동네방네 소문을 내고 다니던 녀석이다. 그래서 나는 지지 않고 얘 작년 겨울에 포경수술 했다고 맞불을 놨더랬지. 걔가 내 분홍색 소시지를 꾹 찍어 먹더니 이런다.

"소시지는 이렇게 생으로 먹어야 맛있어! 참치도 그냥 생으로 먹잖아."

살다 보니까 지원군은 전혀 예기치 못한 곳에서 튀어 나온다. 이 뚱뚱이 친구와도 같이.

도시락 반찬 하나. 그게 뭐라고 열 살 어린애의 자존심을 쥐락펴락했는지 모르겠다. 엄마는 대체 왜 그랬을까? 귀찮아서 그랬을지도 모르지만, 소시지에 달걀옷을 입혀서 부쳐야 한다는 생각을 못했을 가능성이 더 높다. 도통 음식에 관심이 없으셨으니. 그 뒤로도 고3 정규 교육과정을 마칠 때까지 엄마와 나의 도시락 전쟁은 계속됐다.

이렇게 음식에는 젬병인 엄마지만 그래도 단 하나 챙기는 것이 있었다. 바로 아침 식사. 반찬이 뭐가 되었든 늘 아침은 먹고 가게 해주셨다. 사춘기 여자애들, 아침에 일어나면 그 날 기분이 어떻게 될지 복불복인 것은 키워본 분들은 다 아실 터. 나도 이유도 없이 입이 댓 발 나와서 '몰라! 늦었어!'를 연발하던 신경질쟁이 소녀였다. 엄마는 그런 나를 꼭 붙들어 놓고 늘 이렇게 말씀하셨다.

"아침 먹고 가라. 그래야 머리가 팽팽 잘 돌아간대. 아인슈타인도 아침은 꼭 먹었댄다."

그 양반은 아침 식사 때문에 머리가 팽팽 잘 돌아간 게 아니라 아인슈타인이어서 팽팽 잘 돌아간 것일 텐데…….

요즘은 급식 시스템이 잘 되어 있어서, 나는 상대적으로 편하게 엄마 노릇을 하고 있다. 그래도 어려서 얻은 엄마표 도시락의 트라우마 덕에 우리 아이들 소풍이나 운동회 도시락은 새벽부터 일어나 열광적으로(?) 준비했다. 얼마 전 박찬일 셰프님의 글을 읽다가 '이거지!' 하고 무릎을 쳤는데, 바로 이 구절이었다.

어머니는 어려운 살림에 무리를 해서라도 찬을 챙겼다. 반찬 가짓수가 많지는 않았지만, 양을 넉넉하게 담았다. 남들처럼 사각 도시락이 아니라 겉에 화초와 대나무, 새가 그려진 검은색의 찬합이었다. 어머니로서는 최대한 멋을 낸 도시락이었다. 밥이 한 단, 나물과 달걀 등속이 한 단, 거기에 고기나 생선이 한 단, 후식으로 한 단. 어머니는 단수 높게 층층이 찬합을 쌓아 올리면서 흐뭇해하셨다. 어쩌면 운동회는 어머니의 찬합 쌓기의 재미로 존재했는지도 몰랐다.

–박찬일, 『추억의 절반은 맛이다』, 푸른숲, 2012, p75.

우리 애들이 소풍 가서 도시락 먹을 때 위풍당당할 수 있기를 바라며 바리바리 싸서 보냈다. 결국 딸은 초등학교 고학년쯤 되니까 '쪽팔리니까' 도시락통 좀 작은 것으로 간단하게 싸달라고 사정을 하더라만.

우리 엄마, 요리에 재능도 없고 요리를 좋아하는 사람도 아닌데 내 동생 몫까지 10년 넘게 아침마다 도시락 싸는 것이 쉽지는 않았겠다는 생각이 든 것은 사실 몇 달 안 됐다. 지금 나한테 누군가가 매일 아침 차려내라고 하면 못 할 것 같은데 그걸 엄마는 해냈다. 40년이 넘도록 엄마랑 나는 참 결 안 맞는 구석이 많지만 아침밥의 공은 절대적으로 혁혁하다.

또 하나 최근에 알게 된 것이 있다. 엄마가 평생을 돌려가며 만드신 반찬, 그것들이 다 엄마가 좋아하는 반찬이었다는 사실이다. 그렇게 고기에 돈까스 좋아하는 딸도 매해 여름만 되면 엄마 때문에 호박과 가지볶음을 식탁에서 늘 마주해야 한다. 집에서 먹는 사람이 아무도 없는데도 나는 주야장천 여름 식탁에는 이 볶음 반찬들을 내놓는다. 왜냐고? 내가 좋아하니까.

아들 만두,
지구별에 놀러온 아이

만두는 여섯 살 아들의 별명이다.

어려서 어린이집에 다닐 때는 그저 산만하거나 자유로운 영혼을 가진 아이겠거니 했었다. 한 36개월이 넘어가니 점점 주위에 미안해지기 시작했다. 선생님들이 찍어서 올리시는 사진을 보면 얼굴이 후끈할 만큼 수업을 방해하는 사진들이 많았다. 나중에는 카메라에 잡히지 못하니 사진 속에 아이가 거의 없다시피 했다. 다른 친구들 모두 선생님 말씀에 쫑긋 귀 기울이고 있을 때 천장으로 추어올린 만두의 엉덩이 정도? 그래도 그냥 귀엽다, 귀엽다 했다. 엉뚱한 일을 많이 저질러서 키우기는 남다르게 힘들었어도 어미의 눈에는 비교불가, 세상에서 가장 귀여웠더랬다.

돌이 되기도 전에 정확한 발음은 아니어도 '안녕하세요', '선생님'이라고 말했던 만두. 열 경기와 고열로 너덧 번의 입원 생활을 거치고 나서 말을 다 까먹었다. 한두 살 때에는 장난을 심하게 친 만두를 붙들고 "만두, 이러면 되겠어요, 안 되겠어요?"라고 물으면, 분명히 조그만 고개를 가로저으며 안 된다고 답하던 아이였다. 그런데, 어느 순간부터인가 아무리 기다려도 말을 안 하는 것이다. 대신 고집스러운 자기 의사는 있어서 모든 것을 징징대는 울음소리로 표시했다.

결국은 자폐성 장애와 주의력 결핍 장애, ADHD를 극복해야 하는 아이로 진단받았다. 이것이 아가 때 덮쳤던 고열이 언어를 관장하는 뇌 일부에 영향을 끼쳐서 비롯된 것인지는 아직 아무도 모른다. 엄마인 나의 심증만 있을 뿐. 솔직히 이야기하면 지금은 잃어버린 언어와 눈빛을 되돌리는 데에 바쁘다. 사내애들 말 늦게 터진다고, 우리 아들은 혹은 우리 손주는 학교 가서 말하기 시작했다며, 기다리면 어느 날 갑자기 청산유수같이 말하게 되니 걱정 붙들어 매라던 할매들의 조언은 끝끝내 이루어지지 않았다.

그래도 지금은 의사소통이 언어로 이루어진다. 단, 그 언어는 다른 이들이 모두 쓰는 언어가 아닌 만두만의 지구별 언어다. 다행히 아주 간단한 한국어의 구조를 나름 맞추고는 있지만, 가끔 만두표 언어를 반복해서 간절히(?) 이야기하는데도 내가 못 알아들을 때는 난감하다. 만두는 얼마나 답답할까?

요즘 만두가 유튜브에 꽂히면 그것을 백 번이고 천 번이고 따라 한다. 외국 유튜브 영상 중에 빨간 사과를 마루에서 굴리면서 놀고, 줄 맞추어 놀고 하는 게 있었나 보다. 자꾸 '아뽀', '아뽀' 하며 '애플'을 사달라고 하는데, 아! 발음 너무 좋잖아. 한국말도 좀 그렇게 해주면 좋으련만…….

만두 손을 잡고 '아뽀'를 사러 과일가게에 갔다. 유튜브 영상에서 본 것과 똑같은 사과를 발견했는지 좋아서 폴짝폴짝 뛴다. 5천 원짜리 광주리 하나를 골라서 싸 달라고 했는데, 만두는 그 사과가 아니라고 칭얼대며 저쪽 뒤에 쌓인 상자를 가리킨다. 나는 애가 새로운 상자에 담긴 사과를 원하나 싶어 아주머니와 짜고 상자에서 사과를 꺼내는 척했다. 그런데 이것도 아닌가 보다. 자기가 원하는 것을 아무도 못 알아들으니 패닉 상태 돌입! 곧 울음이라도 터질 것 같이 처절하게 "아뽀, 아뽀" 하면서 손가락으로 뭔가를 가리킨다. 알고 보니 사과 상자에 그려진 커다란 사과 그림에 꽂힌 것이다.

그때, 난처한 상황임을 파악한 과일가게 아저씨 등장! 만두 손을 덥썩 붙들고 저 뒤 사과 광주리 쪽으로 가신다.

"그려, 뭐, 뭐 사고 싶은겨?"

"아뽀, 아뽀…… 그륀 아뽀……"

"사과? 잉? 사과 말하는겨? 시방?"

만두가 오천 원짜리 말고 만 원짜리 광주리에 알이 굵은 사과를 가리킨다.

"이이~ 그려. 큰 거구먼. 큰 거 달랴."

그러더니 까만 봉다리에 사과들을 담아서 주신다. 주저 않고 사버렸다. 만두의 얼굴을 보니 무척 만족스러운 표정을 짓는다. 커다란 사과를 집으로 많이, 아주 많이 가져가고 싶었던 모양이다. 일단 상황 종료. 휴우~

아저씨가 물으신다.

"으디서 왔슈? 고향이 으디여?"

"여기 위에 4단지 살아요."

"아니, 애기."

"(갸우뚱) 서울……?"

"아니, 시방 애기 고향 으디 딴 데, 외국 아녀? 미국에서 온 거 아녀유?"

아저씨 앞에서 아하하하 빵 터졌다. 과일가게 아저씨가 우리 만두 고향, 미국인 줄 아셨디야. 아이에게 언어 장애가 있다고 설명해 드리고 감사의 말씀을 전했다. 하마터면 오늘 고집부리며 한참을 누워 울 뻔했는데 아주머니, 아저씨 덕분에 '위기 탈출 넘버원'이었다고 말이다. 아아~ 그래서 못 알아먹었구먼, 하시더니 착한 아저씨가 귤 하나 더 주시고는 우리가 안 보일 때까지 계속 손 흔들며 '빠이빠이'를 하신다. 세상에 좋은 분들이 참 많다는 것을 느꼈다.

그렇게 과일가게에서 돌아왔더니 사과를 거실에 깔아놓고

실컷 논다. 나는 싸지도 않은 사과들이 멍들까 봐 전전긍긍. 그렇지만 만두는 아랑곳하지 않는다. 그 순간 밖에서 누군가가 클랙슨을 빠아아앙~ 울렸다. 꺅! 비명이 나올 정도로 큰 소리였다.

"아, 아저씨 너무 시끄러워요!"

어? 만두다. 분명히 거실에서 놀고 있는 만두 목소리다!

너무 놀라서 만두를 붙들고 또 한 번만 해보라고 했다. 네가 아까 했던 말 엄마도 따라서 같이 해보자고 했더니……

"아으씨, 이끄어어……"

다시 흐지부지한다. 이상하다, 분명히 만두 목소리였는데.

이 녀석, 지금 말 다 할 줄 알면서 엄마한테 관심 끌려고 못하는 척하는 거 아닐까? 지금 세상 돌아가는 이치 다 알면서 모른 척하고. 지구에서 쓰는 말 다 할 줄 알면서 못하는 척, 수영하면서 코딱지 파고 말이야, 응? 자, 자, 할 만큼 했어. 이제는 커밍아웃하시지. 만두. 엄마한테만 몰래 말해줘.

가자, 장미 목욕탕으로

〈행복 목욕탕〉이라는 일본 영화가 있다. 시한부 인생을 사는 엄마가 행방을 모르게 잠적해버린 철없는 남편을 찾아내어 집으로 데리고 와 시댁의 가업인 목욕탕 사업을 잇게 한다는 내용이다. 그런데 그 영화에 나오는 목욕탕을 보면 신기하게도 오래된 우리나라 목욕탕과 흡사하다. 요즘 같은 대형 찜질방의 목욕탕 말고 '장미탕' 같은, 끝에 '탕'자 돌림을 지닌 동네 목욕탕 말이다.

어렸을 때 우리 동네에는 '수정탕'과 '인수탕', 이 두 목욕탕이 양대 산맥을 이루고 있었다. 나는 그렇게 '수정탕'을 가보고 싶었는데, 주말마다 엄마는 나를 데리고 아래 동네 '인수탕'에만 갔었다. 토요일 오후 두세 시쯤에 늘 "목욕탕 가자"고 하면서 샴푸랑 비누 등을 챙겼다. 그럴 때마다 나는 일단 겁부터 났다. 바로 때밀이와 숨 막히게 뿌연 수증기 때문이었다.

그렇게 목욕탕에 들어가면 탕으로의 입장 과정이 대부분

비슷하다.

보통은 입구에 발이 걸려 있다. 그 발을 걷고 들어가면 탈의실이다. 사방에 옷장이 둘러져 있는데, 꼭 아줌마 한두 명이 그곳에서 허리를 '지지고' 계셨다. 목욕탕은 난방이 잘 되어 있는지라 옷장 바로 앞 바닥은 델 정도로 후끈후끈했다. 그렇게 허리나 등을 지지고 계신 아줌마들 중에는 까만색, 혹은 자주색 브라와 빤쓰를 입은 분이 계신다. 그 복식은 다름 아닌 때밀이 아주머니의 표식! 어린 내 눈에 때밀이 아주머니는 마술사였다. 아니, 지금도 세신洗身하시는 분들은 보통 분들이 아니라고 생각한다. 남의 몸을 구석구석 닦아내는 정성과 센스, 그리고 근력은 '저 세상 텐션' 아니면 해낼 수 없는 일이라 믿는다.

목욕을 마칠 무렵이면 두 시간여 동안 소모한 엄청난 에너지 때문에 꾸벅꾸벅 졸린다. 그런데 엄마는 대단했다. 그 와중에 수건이랑 집에서 몰래 가져온 속옷들 빨래까지 다 마쳤으니.

옷 입으러 밖으로 나가면 이제야 살 것만 같다. 숨도 맘껏 쉴 수 있고, 무엇보다도 옷을 뽀송하게 갈아입고 나면 주어지는 우유 선물! 나는 서울우유 초코맛, 딸기맛, 혹은 빙그레 바나나맛 우유 같은 것을 마시고 싶은데 엄마는 무조건 대관

령 흰 우유만 사줬다.

"이게 맛있는 거야."

한가득 섭섭한 마음인데 엄마는 늘 이랬다. 지금도 고개를 뒤로 젖히고 흰 우유를 벌컥대며 '먹는' 엄마의 모습이 눈에 선하다. 엄마가 목욕을 끝내고 난 뒤 벌겋게 된 얼굴로 우유를 들이켜는 모습은 '마시다'는 표현으로는 부족하다. 목구멍에 흰 우유를 콸콸콸 부으며, 엄마는 정말 흰 우유를 맛있어서 '먹는' 사람 같았다.

팔팔한 어린애들도 몇 시간 목욕하고 나면 이제는 진이 빠지기 시작한다. 수증기 때문에 숨이 막힐 무렵, 뿌예서 앞이 보이지도 않는데, 저쪽 탕 안에 익숙한 얼굴이 보인다. 동네 목욕탕에 오면 아는 아주머니도 만나고, 같은 반 친구도 본다. 다 벗고 보는 것이라 좀 창피하기는 해도 참을 수 있다. 목욕탕이니까. 그런데 이번에는 그럴 상황이 아닌 것! 비상이다. 우리 반 남자애가 목욕탕에 왔다. 그것도 내가 좋아하는 애가……. 그 친구는 아직 나를 못 본 것 같았다. 얼른 목욕탕을 빠져나가야 했다!

지금도 종종 그렇지만, 나 어렸을 때도 엄마들이 바쁜 아빠 대신 어린 아들을 목욕탕에 데리고 와서 목욕을 시켰다. 연령 제한 같은 건 따로 없었다. 주인아줌마가 카운터에서 아이들의 몸집을 어림잡아 보고 여탕에 들어가도 망측하지 않을 정도면 들여보냈다. 이 친구는 그렇게 아줌마의 눈대중을 통과하고 들어온 것이다!

그 남자애는 1981년 3월, 입학식을 하고 꽃샘추위에 벌벌 떨며 선생님의 풍금 소리에 맞춰 운동장에서 몇몇 동요와 율동을 배우던 중 내 눈에 들어왔다. 그 친구의 어머니도 아이 교육에 매우 적극적이셨던지라 우리 엄마와 함께 어머니회 활동을 하면서 많이 친해졌다. 3살 터울인 걔네 누나랑도 학교 끝나면 매일 놀았었다.

혹시 나를 볼까 싶어 재빠르게 엄마한테 가서 개미만 한 소리로 이야기했다.

"엄마, 여기 현규 왔어."

"누구?"

엄마 목소리가 목욕탕에 쩌렁 쩌렁 울렸다.

"엄마, 조용히 해봐. 현규. 현규 왔어."

"어, 그래?" 하면서 엄마가 고개를 휘휘 둘러보더니 이내 현규 엄마를 찾아냈다. 사람이 그렇게 많았는데도 금방 발견했다. 큰일 났다. 엄마는 수건으로 가리지도 않고, 가슴을 덜렁덜렁 거리면서 현규 엄마한테 갔다.

"아, 엄마, 가지 말라니까……."

숨 막혀 죽을 지경이었다. 엄마 성격상 먼저 인사를 나누거나 시끄럽게 수다 떠는 스타일이 아닌데, 왜 하필 그날은……. 엄마들끼리 뭔가 반갑게 인사 나누는 소리가 들린다. 엄마가 미워 죽겠다. 이러다가 안 되겠다 싶어서 그냥 내 짐을 주섬주섬 챙겼다. 빨리 밖으로 빠져나가야 했다. 목욕탕 문 앞에서 젖은 수건을 쭉 짜서 몸을 닦을 준비를 하고 문을 열고 나갔다. 시원한 공기에 이제야 숨을 조금은 쉴 수 있었다. 그리고, 정신을 차려보니…… 내 눈앞에서 딸기 우유를 신나게 마시고 있는 현규! 수증기도 걷힌 목욕탕 마루에서 아주 제대로 마주쳤다.

그날이 토요일이었다. 월요일 학교 가기 직전까지, 어떻게 다시 걔를 봐야 하는지 걱정과 부끄러움으로 끙끙 앓았다. 벌써 40년 가까이 된 내 기억으로는 밥도 못 먹었던 것 같다.

이제는 어린 시절 '수정탕', '인수탕' 같은 목욕탕은 찾기 어려워졌다. 그런데 우리 옆 동네에서 실로 극적으로 '장미 목욕탕'이라는 옛날식 목욕탕을 찾아냈다. 게다가 그 안으로 들어가는 언니도 나 어릴 때처럼 한 손에 플라스틱 목욕 바구니를 들고 가는 것이다. 정겨웠다. 이 글을 쓰면서도 내내 목욕탕 가서 지지고 오고 싶다는 생각만 든다.

그런데 막상 아이를 낳고 애들 목욕을 시켜보니 그제야 엄마가 왜 그렇게 때 밀고 머리 감기면서 나를 숨 막히게 했는지 이유를 알겠더라. 엄마랑 똑같이 애 팔 잡아당겨 가면서 잽싸게 벅벅 씻기고 있는 나를 발견했다.

여하튼 가자, 장미 목욕탕으로!

어렸을 때, 여름방학 동안 대전 외갓집에 한 일주일씩 가 있었던 적이 있다. 아마 할머니가 육아에 지친 딸을 봐주려고 날 데리고 갔던 것 같다. 서울역에서 대전까지 기차를 타고 가서 신이 났었다.

그런데 문제는 외가 시골집에 도착해서부터였다. 거기에 가기만 하면 할머니가 나를 그렇게 구박했었다. 앞머리가 이게 뭐냐, 귀신 나오겠다, 뭘 해도 뚱한 게 넌 왜 그러냐……. 일주일 정도 머물다 돌아오는 일정이었는데 외할머니 잔소리가 무지막지 힘들었다. 우리 엄마 히스테리는 할머니에 비하면 게임도 안 됐다. 밤새 혼자 소리 죽여 울다가 보면 아침이었다. 해가 뜨면 기분이 좀 괜찮아졌다. 그래서 벌떡 일어나 마당에 나가서 분꽃, 그 까만 씨를 똑똑 따다 보면 또 엄마 보고 싶어지는 것이다. 그러면 또 울고.

술 좋아하시는 외할머니는 낮에 동네 마실을 가셨다. 아저씨 아줌마들 벌이는 막걸리판 사이에 껴가지고는, 취한 모습들이 무섭고 이상해서 "할머니, 언제 집에 가요? 언제 가요?" 큰 소리도 못 내고 계속 옷 잡아당기면서 조르고. 가끔은 외할머니가 대 만취하여 환장 파티가 벌어진다. 어떻게 연락을 받은 큰 외삼촌이 그 뚱뚱한 할머니를 업고 가기도 했다.

할머니는 담배도 많이 피우고, 술도 많이 마시고, 노래도 기가 막히게 잘 불렀다. "눈물을 흘렸나요~ 내가 울고 말았나요~ 아니야~ 아니야~" 이쯤 가면 동네 할배들이 박수 치고 난리가 났었지.

서른여섯엔가 외할아버지가 애들 여섯 명 남겨 놓고 돌아가셨다고 한다. 장녀였던 엄마는 고등학교 1학년이었는데, 아버지가 돌아가셨는데도 눈물 한 방울 없이 상 치른다고 동네 사람들한테 그렇게 욕을 먹었단다. 엄마는 가끔 이 얘기를 자랑스레 해주곤 했다. 심훈의 소설 「상록수」에 등장하는 '영신'이 엄마의 롤모델이었다고 했다. 엄마는 그 사춘기에 '영신' 코스프레를 했었던 듯하다. 이런 감수성 만렙 큰딸부터 줄줄이 밑에 코찔찔이 아이들을 장사하며 혼자서 키우려면 보통 억세어지지 않으면 안 될 일이었을 것이다. 그러니 손녀인 내게 나오는 말은 족족 타박과 구박일 수밖에……. 어린 손녀가 얼마나 예쁜지 눈에 들어올 마음의 여유가 없었던 듯하다. 술, 담배도 그때부터 배우시지 않았을까.

해가 지면 할머니는 텔레비전 켜 놓고 옆으로 누워 팔베개를 벤 채 꾸벅꾸벅 졸았다. 없는 살림에 정부미 밥 지어서 끼니를 해주셨는데, 그 훈한 밥 냄새가 아직도 기억이 난다. 끼니마다 해주는 된장국에도 콩나물이 들어가 있는 것이 괴상했다. 시골에서 오직 내 살길은 노랑 전등 아래서 비빔밥 해주던 막내 이모였다.

그런데 아무리 이모가 나랑 같이 자준다고 해도 엄마를 대체할 사람은 없었다. 내일이라도 당장 기차 타고 집으로 가서 엄마랑 같이 누워 자고 싶었다.

* * *

이번 코로나 사태 때문에 어쩔 수 없이 만두가 주중에 어머님 댁에서 지냈다. 아이를 집으로 데리고 와서 다시 유치원에 슬슬 보내기 시작했더니, 아이가 서럽게 울면서 이런다.

"할머니 타고 원숭이 보러 가자. 할머니 타고 씽씽이 타러 가자. 할머니 타고 케잌 먹으러 가자."

아이고, 할머니가 이 모든 일을 다 해주셨나 보다. 나는 아이에게 흠뻑 빠진 엄마가 아니다. 만두가 세 살 무렵 되었을 때, 다른 사람에게서 '엄마가 아이에게 아직 이슬이 안 내렸네요'란 말을 들었을 만큼. 지금은 일곱 살인데 그 이슬이 아직 내리지 않았다는 이야기가 계속 가슴에 걸린다. 그래도 인정

할 수밖에 없는 사실이다. 하도 서럽게 우니까 남편하고 내가 마음이 아파서 어머님께 전화했다. 어머님은 애를 한 달 반 보시더니 병이 나서 앓아누우셨다.

"혜성이, 할머니 보고 싶어? 할머니는 혜성이 사랑해. 할머니도 혜성이 보고 싶어. 우리 다시 만나자."

이 얘기를 들으니까 만두가 꺼억꺼억 눈물 흘리면서 '할머니 보고 싶어요'라고 정확히 세 단어를 이어서 이야기한다. 전화를 끊은 지금도 '할머니 코 자~ 할머니 코 자~' 백 번도 더 되풀이, 되풀이…… 할머니가 보고 싶은데 못 보는 만두 녀석을 생각하니 불쌍하고, 이 아이를 이슬이 아직 내리지 않은 엄마가 어떻게 데리고 지내야 할지도 겁나고, 전혀 몰랐던 어머님의 고급스러운(?) 사랑의 메시지도 신기하고……. 여러모로 감정이 묘했다. 나야 어머님 댁만 갔다 오면 애가 살쪄 있고, 이빨 썩어 있고, 아주 상거지가 되어서 돌아오는 바람에 정말 힘들었는데. 어쩜 지금 아이의 인생에서는 '할머니 보고 싶어요'가 최고 아닐까.

아이는 딱 두 번 나를 보고 진짜 반가워한 적이 있었다. 2015년 4박 5일 일본 출장 갔다 왔을 때하고 2018년 병원에 입원했던 때. 이렇게 딱 두 번이라고 손으로 꼽을 만큼 엄마와 아들간 드라마틱한 사이가 아니다. 2018년에는 하필 딸내

미도 아파서 만두 입원시켜 놓고, 집에 가서 딸 보다가 국 끓인 다음 한숨 자고 병원으로 돌아오던 날이었다. 그런데 세상에 밤새 아이가 죽을 뻔했었는지 얼굴이 온통 시커메져서 휠체어에 나를 보고 앉아 있었다. 아, 아침 햇살 비치는 병원 복도 저편에서 아이가 나를 보니까 좋아서, 힘없이 웃으며 손짓을 하더라고. 엄마 이리 오라고. 그 모습은 지금도 생각하면 눈물이 핑글 돈다. 아이가 7살 전까지 정말 죽을 고비를 많이 넘겼지.

보고 싶은 할머니가 있는 것도 좋다. 그렇지만 할머니가 안 계셔도 엄마가 그 자리를 대체할 수는 없는 것인지. 무기력한 마음뿐이다.

섭섭한 것은 하나도 없다. 나 대신 누군가가 아이에게 사랑을 줄 수 있다면 너무나 감사한 일이다. 그러나, 엄마도 좀 더 분발하자는 것이다. 그동안 너무 "안 돼!", "기다려!"만 외쳤나보다. 이렇게 아이에게 이슬 내리기는 참 어렵다. 아주 커다란 숙제다. 조금 있다가 이곳, 작업실에서 나가서 즐거운 숙제를 하러 가야겠다.

나를 자극해준 여러분께 감사

이리 부딪치고 저리 부딪치며 몸에 안 맞는 옷을 입고서 꾸역꾸역 다니는 것 같던 회사를 그만두고 글을 써야겠다고 결심한 것이 거의 8년 전이다. 그 뒤로 주위에서 '내 황서미 성공하는 것 꼭 보고 만다'는 응원을 내내 들어왔다. 나도 계속 고맙다고, 열심히 해보겠다고 주먹 꽉 쥐어 파이팅을 보여드린 것도 5년은 족히 넘은 것 같다. 이제는 하도 그 '한 방'이 안 터져서 격려해주시는 이들에게 미안할 정도다. 사실 그 한 방, '잘되는 것'이 무엇인지 아직도 감이 없긴 하지만…….

그래도 이 작은 책이 세상에 나오게 되어 나의 삶에 귀 기울여 주신 분들에게 이제는 조금 덜 미안한 느낌이 든다. 게다가 피 끓던 초창기와 달리 나이를 몇 살 더 먹어서 그런가, 그 '한 방'이 안 터져도 매일 이렇게 조근조근 재미나게 살 수 있을 듯도 하고. 내 모자란 이야기를 함께 읽고, 웃고, 울어주신 분들에게 큰 감사를 드린다. 앞으로도 또 얼마나 덜떨어진 이야기가 쏟아질지 모르겠다. 그때마다 내 곁에서 함께 '물개박수' 치면서 함께 웃어주시면 그만한 행복이 없겠다.

맨 먼저 떠오르는 '스누피'와 정상우 대표님. '이 사람에게 기회 한번 꼭 줘보고 싶었다'면서 3~4년 전 타의적으로 세상을 등지고 묻혀 있던 '듣보잡'인 나를 편역자로 불러주셔서 작업을 함께했었다. 정말 내게는 꿈같은 시간이었다. 태어나서 제일 열심히 작업했던 것 같다. 그래서 나온 책이 바로 『아직 내 생각해?』이다. 아직도 국내 '스누피' 만화 관련한 서적 중 가장 의미 있고 재미나게 편집된 '어른이'들을 위한 만화라고 자부한다. 정상우 대표님은 치열한 세상에서 어떻게 하면 작가로서 힙Hip하게 성장할 수 있을지, 지금도 중간중간 무심한 듯 떡밥을 툭툭 던져 주신다. 나중에 '아주 놀라운' 방법으로 그동안 신세 진 술자리를 갚아야겠다는 생각뿐이다. 그리고 이 책이 나올 수 있도록 이끌어주신 씽크스마트 김태영 대표님. 다른 에세이를 작업할 때 처음 만나 뵈었는데, 내 글에 대해서 무한 신뢰를 주신 분이다. 여러 번 이혼하고 그 정신세계에서 어떤 글 나올지 몰라 오랜 시간 동안 여러 출판사에서 겁내던 글쓴이였는데 큰 기회를 주신 것이다. 덕분에 글 쓰는 사람으로서 자부심도 키울 수 있었고, 좀 더 조심스레 돌다리를 두드려 건너야겠다는 다짐도 한 번 더 하게 되었다. 씽크스마트 백설희 편집자님 노고는 이루 말할 수 없다. 평평한 내 글이 이분의 손에만 들어갔다가 나오기만 하면 입체적으로 변모되어 있는 신기를 경험했다. 그리고 이 책의 초고였던 '녹즙 칼럼'을 봐주셨던 수많은 독자분들, 댓글로 응원을 아끼지 않아주셨던 페이스북의 친구들에게도 정말 감사하다. 이 마음을 어떻게 가닿게 해야 할지 모르겠다. 그냥 온라인 놀이터에서 랜선 친구들과 노는 것이 뭐가 중요하냐 하실 분들이 있을지도 모르겠다. 그렇지만 이제는 세상의 플랫폼이 바뀌었다. 지난 10여 년간, 나의 삶과 의지를 완전히 뒤집어놓은 것은 바로 이 온라인 세상과 랜선 친구들의 따뜻한 격려였다. 매일매일 그들의 마음으로 나의 랜선은 늘 따뜻하게 달구어져왔다.

주위를 둘러보면 '사람'들이 있다. 어려서부터 넌 꼭 글을 써야 한다고 강력히 주장했던 나의 친구 이선아, 그리고 내 '어린이' 시절의 생태를 정확히 기억하고, '너는 글을 가지고 예술을 할 사람이 아니라 재미난 글로 돈을 벌어야 하는 사람'이라는 정확한 식견으로 나를 감탄케 했던 '국민학교' 친구 김정연. 대한민국 교육의 심장을 다시 뛰게 하라!

또한 '월 1회 1깡맥'의 연간 협약서를 들고 내 삶에 나타난 열혈 비즈니스 우먼, 일에 대한 열정과 정당한 보상에 대해 제대로 가르쳐준 아이스 크리에이티브의 주인장 '밀키웨이' 김은하에게도 감사와 우정의 마음을 드린다. 또한 내가 쓰고 싶은 글의 윤곽을 잡아주고 사업가적 조언을 아끼지 않는 나의 비즈니스 파트너이자 친구인 호야쿡스 대표 '호사장' 이호경. 그녀에게 다음 시리즈를 기획하고 준비하며 느끼는 벅찬 마음과 고마움을 포갠다.

또한 번득이는 식견으로 우리에게 '어떻게 하면 더 올바르게 살 수 있는가'의 길을 제시하면서도, '육아란 레고가 가득 깔린 방안을 맨발로 걸어야 하는 것'에 공감해주시는 우석훈 박사님. 어떤 글이 나올지도 모르는데 나를 믿고 흔쾌히 추천사를 써주신 것은 내 삶의 큰 사건이었다. 진심으로 감사드린다.

마지막으로 가족들. 나에게 글솜씨와 딴따라 기질을 물려주신 우리 아빠. 삶이란 '투쟁'이란 것을 제일 먼저, 그리고 제일 강력하게 가르쳐주신 우리 엄마. 내가 알고 있는 이들 중 가장 고급지게 웃기는 '유모아'의 소유자, 멀디먼 영국에 사는 내 동생. 언젠가 코로나 사달이 끝이 났을 때, 12개월 할부를 끊어서라도 한번 동생을 만나러 가야겠다. 그리고 공기처럼 있는지 없는지 모를 존재인 현직 내 남편. 하루빨리 깊은 산골에 움막 짓고 옹달샘 파줄 테니 얼른 산속으로 들어가 그렇게 하고 싶은 일, 친일분자 폭파용 미사일 개발에 몰두하시길.

생각만 해도, 지금 이 글을 쓰면서도 웃음과 눈물이 동시에 터지고야 마는 이루 말할 수 없이 사랑하는 나의 아이들. 그리고, 내가 볼 수 없는 다른 곳에서 살고 있는 나의 아이. 자식들이야말로 살면서 '가족을 사랑하는 것'이 무엇인지 처음으로 알려준 친구들이다. 혈육에 대한 원망, 부모 탓, 가족 탓만을 무겁게 가슴에 안고 살았던 내게 사랑을 가르쳐주었다. 이제 마무리 지으려 한다. 내 인생에서, 이 책의 좌충우돌 이야기 속에서 익명으로, '지나가는 남편 1'로 등장했던 그들의 이름은 더는 부르지 않고 'Null' 처리함으로써 소심하게 복수해본다.

이만 총총. 모두들 씨유 어게인.

맘껏 상상하고, 실컷
이게 바로 자유학기제야
내일 걱정은 내일 해도 충분해
그러니까 여행
괜찮아 ADHD